無限の魔術師

魔力無しで平民の子と迫害された俺。実は無限の魔力持ち。

レオナールD

角川スニーカー文庫

24607

Illustration : ye_jji

Design Works : AFTERGLOW

プロローグ　魔力無しにしておきます

「お願いします、神様。どうかこの子が『魔力無し』でありますように……」

（え……魔力無しの方が良いの？）

自分を抱きしめる母親の言葉に、赤ん坊……レストは小さな目で意外そうに瞬《まばた》きをする。

場所は王都の片隅にある神殿。礼拝堂の中央をカーペットが縦断しており、その先には羽を生やした天使のような姿の女神像が安置されている。

レストは女神像の前で、母親である女性に抱きしめられていた。

（魔力って多い方が良いんじゃないのか？　それなのに……魔力無しであってくれって、どういう意味なんだ？）

レストはすわったばかりの首を不思議そうに傾《かし》げる。

生まれて一年と経《た》っていない子供であるにもかかわらず、レストはすでに確固たる自我が芽生えていた。

何故《なぜ》なら、レストは前世からの記憶を持った転生者だから。レストには『日本』という国で暮らしていた高校生までの記憶があり、これが二度目の人生になるのだ。

前世において、レストは親という存在に恵まれなかった。

父親は飲んだくれ。ギャンブルという沼にどっぷりと浸《つ》かっている典型的なクズ。

母親は育児放棄をして、他所《よそ》の男と遊び暮れるようなこれまたクズ。

高校生になるまで生きられたのが奇跡と思えるほど、恵まれない環境で生きてきた。

そんな前の人生はあっさりと終わった。前世のレストがアルバイトをして稼いだ学費を競馬に費やそうとした父親を咎《とが》めたところ、大喧嘩《おおげんか》した末に包丁で刺されて絶命したのだ。

あまりにも不幸すぎる生涯を呪いながら死んでいったレストであったが……どうやら、神様というのは本当にいたらしい。

気がつけばレストは地球とは異なる世界に転生しており、母親に抱きしめられていた。

(優しい母親に産んでもらえたのは良かったんだけど……こっちの人生でも、父親はクズだったみたいだな)

「おい、早くしろ。こっちは忙しいんだ」

苛立《いらだ》たしそうに吐き捨てたのは、レスト達から少し離れた場所に立っている男性である。

身なりは良いが神経質そうな顔。髪をガチガチに固めてオールバックにしたその人物こそがレストの血縁上の父親だった。

「たかが魔力診断くらいで、この私に手間を取らせるな。さっさと済ませろ」

父親が不快そうな顔で言う。

その男は間違いなくレストの父親なのだが、顔を合わせるのはこれが初めてである。

それというのも……父親は貴族で母親は貧しい平民だった。父親はメイドとして働いていた母親を暴力によって犯し、その結果として生まれたのがレストなのだ。

レストを産んだ母親はわずかな金だけ与えられて屋敷から追い出され、シングルマザーとしてレストを育てることになった。

パン屋で働いて生計を立てていたのだが……レストが一歳になったとき、急に父親が現れたのだ。

父親は母子を神殿に連れていき、司祭の魔力診断を受けることを強要したのである。

「……ご婦人、よろしいかな？」

神殿の司祭が気遣わしそうに両手を差しのべた。

「御子《みこ》をこちらに。大丈夫、女神様が見ておられる」

「司祭様……よろしくお願いします」

母親が震える手でレストを差し出した。司祭が丁寧な手つきで赤ん坊を受け取る。

「お願いします、女神様。この子が『魔力無し』でありますように……『魔力無し』でありますように……」

子供を渡した母親が両手を合わせて、必死になって祈っている。

(わかったよ、母さん)

少しだけ気合を入れて、レストは身体《からだ》から流れる魔力を強引に抑える。

転生特典というやつなのだろうか。レストは生まれながらにして膨大な魔力を持っており、それをコントロールする術《すべ》まで身に付けていた。

(これで大丈夫。だから……そんなに泣かないで)

「女神の恩寵《おんちょう》の下、祝福されし子の力を見通さん。エリ・エラ・イルダーナ。偉大なる光明の女神よ、此《こ》の子の未来に明るき光が注がれんことを願う……」

レストを抱いた司祭が呪文のようなものを唱える。

すると……女神像が光を放ち、レストの身体も淡い光に包まれた。

「……なるほど」

数秒経って光が消えると、司祭が柔和な笑みを浮かべて深く頷《うなず》いた。

「どうやら、この子は魔力を持っていないようですな。『魔力無し』です」

「何だと……？」

父親があからさまに眉をひそめた。

「いくら平民が産んだ妾腹《しょうふく》の子とはいえ、宮廷魔術師である私の血を引いているのだぞ？

まさか、この女に頼まれて嘘《うそ》をついているのではないだろうな？」

「女神様に誓って、そのようなことはありません」

司祭が断言する。聖職者である彼にとって、「女神に誓う」という言葉は重い。

疑うような顔をしていた父親も、それ以上は追及できなくなっていた。

「……痩せた畑から作物は実らないというわけか。とんだ時間の無駄だったな」

父親がゴミでも見るような目で、レストと母親を交互に見る。

「十分な魔力を持っていたのであれば、屋敷で引き取ってやろうと思っていたが……魔力無しのゴミカスに用はない。その子供は好きにするが良い」

「ありがとうございます、そうさせていただきます……！」

「フンッ」

父親はポケットから小さな布袋を取り出し、床に放る。

チャリンと金属がぶつかる音がした。おそらく、金が入っているのだろう。

「それはくれてやる。我が家に顔を出すことは許さぬし、その子供が私の子であると名乗るのも許さぬ。二度と会うことはないだろう……さらばだ」

一方的に言い捨てて、父親がスタスタと神殿から出ていってしまう。

「レスト……！」

母親が司祭から息子を返してもらい、ヒシと抱きしめる。

「ありがとうございます、女神様……ありがとうございます……！」

「女神様はいつも見ておられる。その子に祝福があらんことを」

嬉《うれ》し泣きをする母親と抱擁された赤ん坊を見下ろし、司祭が穏やかな顔で祈りを捧《ささ》げる。

（これで良かったんだよね……母さん）

きつく抱きしめられたレストは苦しそうな顔をしながらも、母親に向けて微笑《ほほえ》んだ。

抑えていた魔力を解放する。身体の奥底から力が湧き上がってきた。

今のレストが魔力診断を受けたら、きっと先ほどとはまるで違う結果が出るだろう。

（父親は貴族らしいけど……あの男に引き取られて、幸せになれるヴィジョンが浮かばないからな。貧しくても母さんと一緒にいられる方がずっと良いよ）

前世では両親の愛情を得られなかった。

だけど……今世では自分のために神に祈り、泣いてくれる母親がいる。

父親は前世と似たり寄ったりのクズのようだが……それでも、遥《はる》かにマシな人生になるだろう。

レストは母親の体温を感じながら、心地よさそうに目を閉じたのであった。

第一章　俺の家族は『毒』家族

「ヒヒーン！」

「ブルヒヒヒッ！」

「………夢か」

耳元で馬が嘶《いなな》いている。低い鳴き声を耳に吹きかけられて、レストは夢の世界から現実に回帰した。

レストが眠っていた場所は、屋敷の庭にある小さな建物……馬小屋だった。

柵の向こうから馬が首を伸ばして、飼い葉に埋もれているレストの髪を嚙《か》んで引っ張る。

「わかってるよ。すぐに水を持ってくるから、待っていてくれ」

あくびを嚙み殺して起き上がり、身体に付いていた飼い葉を払い落とす。

馬小屋で寝て、馬に起こされて、馬の世話をする……いつもの日課である。

レストは慣れた手つきでエサと水を替えて、馬小屋の中を丁寧に掃除した。

最後に馬達の身体をブラッシングしてやると、心地よさそうな鳴き声が上がる。

「ヒヒーン」

「綺麗《きれい》になって気持ちが良いかい、ジェニー。ルーシー」

「ヒンヒン」

「ああ、俺も気分がいいよ。久しぶりに母さんの夢を見たんだ」

母親の柔らかな笑顔を思い出して、レストは穏やかに微笑んだ。

レストの母親が天に召されて、ちょうど二年になる。

原因は流行《はや》り病。レストは必死で金をかき集めて薬を購入したが、間に合わなかった。

苦しむことなく安らかに旅立つことができたのは、不幸中の幸いだろう。

レストの年齢は十二歳。母を亡くしてこの屋敷に来たのは十歳の頃だ。

この国における成人年齢は十五歳。成人するまでは、まともな仕事に就くこともできない。

そのため、レストは国の法律に従って血縁者……つまり、自分と母親を捨てた父親に引き取られることになった。

(まあ、あの父親は俺なんて引き取りたくはなかったんだろうけど……)

農具を使って飼い葉をならしながら、レストは冷たく目を細める。

後になって知ったことだが……宮廷魔術師である父親には政敵がいて、王宮で足の引っ張り合いをしているらしい。

この国を治めている国王は人格者として知られていた。

親を亡くした子供を見捨てたとなれば、不興を買ってしまうことになりかねない。

政敵に付け込まれる隙を与えないため、嫌々ながらレストを引き取ったのだ。

（それでも……馬小屋に住ませるあたり、あの男の性格の悪さがわかるよな。まあ、意地が悪いのは夫人の方かもしれないが）

「あーあ……今日も時間になっちゃったな。行ってくるよ」

「ブヒヒン」

レストはウンザリとした顔で馬達の頭を撫《な》でて……最後の仕上げに魔法を発動させる。

「【清浄《クリーン》】」

正常な空気が馬小屋の中に流れ込んで、残っていた雑菌や臭気を消し去った。

（俺が本当は魔法が使えるって知ったら、あの男はどんな顔をするのかな……まあ、どうでもいいことだけどな）

レストは肩をすくめて、馬小屋から出ていった。

早朝の日課である馬の世話が終わったわけだが……まだとびきり嫌な仕事が残っている。

父親と義母、腹違いの兄……自分を見下している家族へのご機嫌取りの時間だった。

宮廷魔術師である父親……ルーカス・エベルン名誉子爵は新興貴族の二代目であり、住んでいる屋敷も貴族としてはさほど大きいとはいえない。

それでも、馬小屋に比べると月とスッポン。手入れがされており、外観も整っている。

屋敷で働いている使用人は十人ほど。大貴族の屋敷であれば貴族の子弟・子女が働いているものだが、新興貴族のため使用人は平民の出身ばかりだ。

「おはようございます」

「……おはよう。今日も例のアレかい？」

「ええ、まあ」

「そうか……しっかりな。くじけるなよ」

若い執事が同情した様子で、レストの肩を叩《たた》いてきた。

屋敷に入り、すれ違う使用人らに挨拶をしながら向かったのはダイニングである。

ノックをするとすぐに入室の許可が出た。レストは大きな溜息《ためいき》を吐《つ》いてから扉を開く。

「失礼いたします。皆様、おはよう……」

「えいっ！」

「痛っ……！」

扉を開けた途端、硬い何かが飛んできた。

レストの額に命中して床に落ちたそれは、掌《てのひら》に収まるほどの大きさの石だった。

「アハハハ、命中！　やったぜ！」

両手を叩いて喜んでいるのは、腹違いの兄……セドリック・エベルンだった。

ダイニングテーブルに着いた兄は満面の笑みで、額から血を流すレストを嘲笑《あざわら》っている。

兄とはいっても、レストとセドリックの誕生日はわずか半年しか違わない。

正妻の妊娠中、父親がメイドをお手付きにして孕《はら》ませた子供がレストなのだ。

（もっとも……年齢が同じでも、扱いは雲泥の差なんだけどな）

レストは雑巾のようなボロ布を取り出して、額から流れる血をぬぐった。

部屋の中には三人の人間がいた。屋敷の主人とその妻子である。

テーブルにはすでに料理が並べられており、三人は朝食を摂《と》っている最中だった。

「……おはようございます。旦那様、奥様、セドリック様」

「…………フン」

傷のことには一切触れずに、頭を下げて彼らに挨拶をする。

レストの父親……屋敷の主人であるルーカスは行き過ぎた悪戯《いたずら》をした嫡子の息子を咎《とが》めることなく、つまらなそうに鼻を鳴らす。

「あらあら、今日も汚いわねえ。見ているだけで貧乏が移ってしまいそうだわあ」

嫌味ったらしく言ってきたのは、ルーカスの妻にしてセドリックの母親。名誉子爵家の夫人であるリーザ・エベルンである。

リーザはゴミでも見るような目をレストに向けてきており、いつもと同じようにマニキュアを塗った指を床に向けて捲《まく》し立てる。

「汚れた腹から生まれた卑しい子供は、犬のように食べるのがお似合いよ！　今日もさっさとエサを食べなさい！」

「そうだそうだ！　さっさと食えよ、穢《けが》れた血め！」

ケラケラと笑って、母親の対面に座っているセドリックが床を足で何度も踏みつける。

食事中に品の無さ過ぎる行動だったが……両親ともに咎めることはしない。

「………………」

レストが床に視線を落とすと、そこには茶色の何かが盛られた皿があった。

これが毎朝の日課。三人はレストに犬のように這《は》って食事をしろと命じているのだ。

「……いただきます」

レストは屈辱に耐えながら四《よ》つん這《ば》いになり、食事に口をつける。

ナイフやフォークを使用することは許可されていない。こうして犬食いをしなければ、鞭《むち》で背中を叩かれてしまうのだ。

「まあ！　なんて浅ましいのかしら！　そこまでして食事が食べたいだなんて、やはり母親が卑しいと子供まで卑しくなるのねえ！　流石《さすが》は泥棒猫が産んだ子供だわあ！」

得体の知れないゴミ料理を犬食いしているレストを見て、リーザが忌々しそうに言う。

「あの女といい、この子供といい……本当に見苦しいわねえ。このような下賤《げせん》が同じ空間にいるだなんて耐えられないわあ！」

耐えられないなどと言いながら、リーザは毎朝欠かさずレストを朝食の席に呼ぶのだ。

リーザは夫の浮気をいまだに許していない。浮気相手のメイドが産んだ子供であるレストを憎んでおり、鬱憤晴らしのためにこうして尊厳を踏みにじっているのである。

（女の嫉妬は醜いなあ……文句があるのなら、浮気をした夫に言えばいいのに）

心を殺して朝食を食べながら、レストは内心で義理の母親である女性に呆《あき》れ返る。

ルーカスはメイドとして働いていたレストの母親を力ずくで犯して孕ませた。彼女は完全な被害者で恨まれる筋合いなどない。

「ごちそうさまでした！　さーて、今日も魔法の訓練をしようかな！」

先に食事を終えたらしく、セドリックが立ち上がった。

ダイニングを出ていこうとして、ついでとばかりに、四つん這いのレストを踏みつけた。

「うっ……！」

「おい、今日も魔法の練習相手になれよ！　着替えてくるから、庭で待っていろ！」

「……かしこまりました。セドリック様」

レストが呻《うめ》くように了承すると、セドリックは「アハハハハッ！」と愉快そうに笑いながらダイニングを出ていった。

「申し訳ございません、旦那様、奥様。食事の途中ではありますが……セドリック様の訓練がありますので、これで失礼いたします」

「……好きにしろ」

「仕方がないわねえ……息子に逆らったら承知しないわよ！」

「もちろんです。失礼いたしました」

レストはそそくさとダイニングから出ていった。

正直、セドリックのおかげで居心地の悪い朝食から抜け出せて、感謝している。

（……今日も傲慢な連中だったな。こんなことをして、何が楽しいんだか）

「【治癒《ヒール》】」

レストは額の傷に触れて、魔法を発動させる。

血が滲《にじ》んでいた傷口が一瞬で消えた。治癒の魔法を使ったのだ。

「念のため、タオルを巻いておこうかな……」

傷を治したことがバレないよう、頭に布を巻いておく。この屋敷の人間はレストに対して無関心だし、これだけで誤魔化《ごまか》すことができるはず。

一緒に暮らすようになって二年も経《た》っているというのに、彼らの誰もレストが魔法を使えることに気がついていなかった。

「さて……行くか」

レストはうんざりと溜息を吐きながら廊下を歩き、セドリックの訓練に付き合うために屋敷の庭に向かった。


レストとセドリックの父親であるルーカス・エベルンは宮廷魔術師である。

宮廷魔術師の職務内容は多岐にわたるが、ルーカスの仕事はマジックアイテムの管理。王宮に置いておくことができない危険な魔法の道具を屋敷に引き取って管理しており、これは国王陛下から信頼を得ている証《あかし》であると、いつも得意げに話していた。

エリート意識の高い傲慢な性格ではあるが、虚飾というわけではなく、国内屈指の魔法の使い手。その類《たぐい》まれな才能は、ルーカスが唯一の息子として認めているセドリックにも受け継がれている。

もっとも……才能だけではなく、性根の悪さ、人格の歪《ゆが》みもまた、余すところなく継承されているのだが。

「アハハハハハッ！　それ、逃げろ逃げろ！」

「クッ……！」

セドリックが次々と魔法を撃ち放つ。

拳ほどの大きさの火球《ファイアボール》が逃げ回るレストを追いかけて、服と肌を焼いていった。

「ほら、どうした！　立ち止まったら当たっちゃうぞ。アハハハハハハッ！」

セドリックは耳障りな哄笑《こうしよう》を上げながら、庭を走るレストに火球をぶつけた。

父親と同じ宮廷魔術師を目指すセドリックは、訓練としてレストを魔法の的にしている。

子供は親の背中を見て育つ。父親がレストを蔑んでいるのを見て、母親がレストを虐待するのを見て……セドリックも同じように腹違いの弟を苛《いじ》めることに楽しみを見出《みいだ》した。

誰も止めることがないため、殺人未遂のような訓練はどんどんエスカレートしている。

「お許しください……どうか、どうか御慈悲を……！」

（本当に飽きないよな……あの両親あっての息子か。絶対にろくな大人に育たないな）

哀れっぽく命乞いをしながら逃げ回りつつ、レストは脳内で侮蔑の言葉を吐く。

（エベルン名誉子爵家にはろくな奴《やつ》がいないな……母さんを犯した父といい、嫉妬から俺を虐《しいた》げている義母といい、クズの温床じゃないか）

「よし、トドメだ！　新しく覚えた魔法を受けてみろ……【雷球《サンダーボール》】！」

「うわあああああああああああっ！」

バリバリと音を立てながら、紫電を放つ雷球がレストの背中に命中した。

斬りつけるような電流が全身を襲い、レストは倒れて動かなくなる。

「何だ、もう終わりか！　やっぱり魔力無しの平民の子供はダメだな！」

セドリックは満足そうに胸を張って、倒れたレストを爪先で蹴った。

「庭を掃除しておけよな。さぼったら承知しないぞ！」

「………………」

「ハハハ、本当にゴミみたいだ！　こんなのが弟だなんて信じられないな！」

最後まで侮蔑の言葉を口にして、セドリックはズンズンと庭から去っていった。

「やれやれ……ようやく、終わりか」

レストはしばし気絶したふりをしていたが、気配が消えたのを見計らって身体《からだ》を起こす。

「よっと……」

立ち上がって、すぐに魔法を発動させる。魔法で傷を癒やして、身体についていた砂や泥も残さず消し去って綺麗《きれい》にする。

一方的に魔法を浴びせられていたように見えただろうが……実際にはダメージはない。

身体強化《フィジカルアップ》の魔法で肉体を保護し、オーバーに逃げ回って痛がるフリをしていたのだ。

「今度は雷の魔法か……なかなか器用だよな。アイツも」

セドリックは新しい魔法を修得すると、決まってレストを実験台にする。

セドリックは性格はともかく、魔法の才能は本物。かなり多彩な魔法を修得していた。

(アイツ以外に同年代の魔法使いを知らないけど……優秀なんだろうな。きっと)

これで性格も良ければ、素直に兄として尊敬できたものを。

天は二物を与えずと言うが……女神はセドリックに魔法の才能だけを与え、それを正しく使うための善性を与えなかったようだ。

「【雷球】」

魔力を練り、身体の外側に放出させる。掌《てのひら》にバチバチと音を立てて雷球が出現した。

先ほどセドリックが使っていたのと同じ魔法である。

「いつもながら、覚えた魔法をいちいち披露してくれるんだから勉強になるよな」

レストが逃げることなく、セドリックの訓練に付き合っている理由がそれである。

これも転生特典なのだろうが……レストは尽きることのない底無しの魔力を持っており、さらに一度見た魔法を容易に再現することができるのだ。

平民の子供として差別されているレストには本を読んだり、家庭教師に習ったりと魔法を学ぶ機会は与えられていない。

それでも……セドリックが魔法の実験台にしてくれるおかげで、こうして多くの魔法を修得することができていた。

（見下している弟の成長に貢献していると知ったら、愚兄はどんな顔をするだろうね）

セドリックは魔法の天才なのかもしれない。

だが……才能だけならば自分の方がずっと上だとレストは確信していた。

この才能を父親に見せつけてやれば、扱いも変わるのかもしれないが……レストは父親から認められたいとは少しも思っていなかった。

「まだだ……まだ牙を見せるのは早い。成人するまでの辛抱だ……」

レストは拳を握りしめ、自分自身に言い聞かせる。

レストはまだ十二歳。この国における成人は十五歳であり、まだ三年もある。

いくら魔法が使えたとしても、未成年ではまともな職に就くことはできない。

だから、今はまだ牙を見せない。

今は一方的にやられながら、魔法の腕を磨いて力を蓄える時なのだ。

（いつか絶対に出し抜いてやる。父親やセドリックよりも高みに上り詰めてやる……！）

金、地位、権力……全てにおいて、彼らを上回ってみせる。

このエベルン名誉子爵家の人間を見下し、踏み潰せるような立場になってみせる。

(そのためなら、魔法の実験台だろうが犬扱いだろうが耐えてみせるさ)

雌伏の時。臥薪嘗胆《がしんしょうたん》。隙間風で冷える馬小屋で眠り、犬のように残飯を喰《く》らう我慢の時。

レストは決意を込めて拳を握りしめて、庭の片付けを始めるのであった。


「ただいま、戻りました……と」

「ヒヒーン！」

庭の片付けを終えたレストが馬小屋に戻ると、二匹の馬が嘶《いなな》いて出迎えてくれた。

頭をすり寄せてくる馬の頭を撫《な》でつつ、馬小屋の中を見回す。

「ああ……今日も差し入れがあるのか。いつも申し訳ないな」

馬小屋の片隅に、目立たないよう布の包みが置かれている。

包みを解いて中身を確認すると、パンと干し肉、それに傷薬の軟膏《なんこう》が入っていた。

これは屋敷で働いている使用人の誰かが、内緒で贈ってくれた差し入れである。

この屋敷で働いている古参の使用人の中には、レストの母親と顔なじみだった者がいる。

彼らはレストの境遇に同情しており、何かと気遣ってくれていた。

主人の手前、表立って庇《かば》ってはくれないが……こうして、人目を忍んで食べ物を恵んでくれている。

(母さんは同僚に恵まれていたんだな。雇い主には恵まれなかったみたいだけど)

「美味《うま》い……」

パンを口に運んで、干し肉を齧《かじ》る。

質素な味だったが、朝食の席で出されている残飯のエサと比べたら雲泥の差だった。

「………」

食事をしながら、何気なく馬小屋の窓に目を向ける。

窓の向こう側にはエベルン名誉子爵家の屋敷があり、暖炉のオレンジの明かりが屋敷の外まで漏れ出ていた。

とても暖かそうだ。隙間風が吹き込んでくる馬小屋とは大違いである。

(あの連中は俺が凍えたところで、どうでもいいんだろうな……)

浮気をされた義母や腹違いの兄であるセドリックはともかくとして、父親のルーカスはどうして、ここまでレストを冷遇することができるのだろう。

血を分けた息子だというのに、力ずくで孕《はら》ませた子供であるというのに、その責任をまるで取ろうとはしていない。

(たかが新興貴族がそんなに偉いのかな？　領地も持っていない『名誉』子爵のくせに。

大して平民と変わりもしないくせに偉そうなことだ）

心の中で毒づくレストであったが……このセリフを父親に浴びせようものなら、烈火のごとく怒り狂って折檻《せっかん》してくることだろう。

エベルン名誉子爵家は貴族家ではあるものの、爵位を世襲することはできない。

名誉貴族というのは特定の役職に付随した一時的な爵位であり、役職を辞したら取り上げられて平民に戻ってしまうものなのだ。

ルーカスは宮廷魔術師という国王直属の魔法使いであり、この役職に就いたことで『名誉子爵』の地位を与えられていた。

自分達が貴族だと威張っているくせに、実際は平民と大差ないのである。

（だけど、セドリックが名誉子爵を賜ったら、正式な貴族家として認められる……）

名誉貴族は一時的な爵位ではあるものの……三代連続して同じ爵位を得ることができたら、正式な世襲貴族として認められる。これは法律で決まっていることだ。

エベルン名誉子爵家の場合、祖父と父の二代連続で宮廷魔術師を輩出しており、名誉子爵の位を授かっている。三代目となるセドリックが同じように宮廷魔術師になり名誉子爵を得ることができたら、世襲可能な『子爵』の位を与えられて名実ともに貴族となることができるのだ。

（だからこそ……高い魔法の才能を生まれ持ったセドリックを持て囃《はや》して、ワガママ三昧を許しているんだろうな。本当に馬鹿馬鹿しいことだよ。まったく）

大切な跡継ぎであると思っているのならば、なおさらに品行方正になるように教育を施すべきである。

正式に子爵となれば社交界に出る機会だって増えるだろうし、礼儀作法もなってないのであれば、恥を掻《か》いてしまうではないか。

（……まあ、どうでもいいことだけどな。セドリックが何処《どこ》で偉い人の顰蹙《ひんしゅく》を買おうと知ったことではないし、魔法の腕を磨くことだけを考えよう）

成人年齢である十五歳になったら、この屋敷を出て立身出世のために奮闘する。

今のうちに、魔法の腕を磨いて少しでも強くなってやろうではないか。

「……今夜も森に行ってこようかな」

干し肉の最後の一欠片《ひとかけら》を口に放り込んで、レストはつぶやいた。

エベルン名誉子爵家の屋敷は王都の郊外にあり、近くに魔物が棲《す》んでいる森があった。

レストは魔物を狩って魔法の訓練をするため、日常的にそこに繰り出していた。

夜半。屋敷の人間が寝静まったタイミングを見計らい、レストは馬小屋を出た。

レストの足元を照らしているのは、夜空に浮かんでいる赤青黄の三色の月の光だけ。

三つもある月を見上げて、レストは改めてここが異世界なのだと感じ入る。

「【暗視《ナイトスコープ》】」

魔法を発動させると、途端に視界が明るくなる。闇夜を見通すことができる魔法の効果によって、昼間のように周囲の光景が見えるようになった。

この魔法はセドリックに教えてもらったものではない。修得している魔法の大部分……主に攻撃魔法はセドリックに実験台にされたことで修得したものだが、それ以外にもいくつかの魔法を使うことができる。

【暗視】は母親と二人暮らしをしていた頃、いつも裏路地に座って酒を飲んでいる中年男性から教わった。

パンと引き換えに魔法を教えてくれた、その男性の素性をレストは知らない。

しかし、彼のおかげで【暗視】や【開錠《アンロック》】、【気配察知《ライフサーチ》】などの魔法を覚えることができたのは感謝していた。

（あの人がどういう仕事をしている人間だったのかは、考えない方が良いんだろうな……教わった魔法の種類からして絶対に堅気じゃないし……）

昔のことを思い出しているうちに、レストは森の入口に到着した。

鬱蒼《うっそう》と生い茂る木々が月明かりをさえぎっており、森の中は怪物の口内のように暗く沈んでいる。魔法を使っていなければ、一メートル先も見通すことができなかっただろう。

「【気配察知】」

生き物の気配を察知する魔法を使用して、魔物を探す。

ちょうど森の入口近くに、三匹の魔物の気配があった。

できるだけ音を立てないように近づいてみると……そこには額に眼球がある三つ目の狼《おおかみ》が何かの肉を貪り食っている。

（食べているのは………ウエ、ゴブリンか）

三匹の狼に食べられているのは緑色の肌をした猿のような生き物。いわゆる、『ゴブリン』と呼ばれる魔物だった。ファンタジーではおなじみの魔物であるが、人型の生き物がガツガツと貪られて骨やら内臓やらを剝《む》き出しにしている様は気分が良いものではない。

「グル？」

ゴブリンの肉に夢中になっていた狼の一匹が顔を上げて、周囲を探るような動きをする。

匂いや気配から、レストの存在に気がついたようだ。

（先手必勝……いくか！）

「【雷球】！」

レストは木陰から飛び出して、覚えたばかりの魔法を放った。

バチバチと紫電を放つ雷の球体が狼の一匹に命中して、その身体《からだ》を激しく痙攣《けいれん》させる。

「グウウウウウウウウッ⁉」

「ガウッ！」

「ガアッ！」

仲間がやられているのを見て、他の二匹の狼がレストめがけて飛びかかってくる。

「【雷球】！」

「ギャンッ！」

レストは慌てることなく冷静に次弾を発射した。二発目の雷球も狼に命中する。

続けて三発目も放とうとするが……それよりも早く、最後の狼が飛びかかってきた。

「ガアアアアアアアアアアッ！」

「クッ……！」

咄嗟《とっさ》に横に飛んで攻撃を回避したが、爪が掠《かす》って腕に赤い線が刻まれる。

痛みに表情が歪《ゆが》みそうになるが……ここで慌てたら、敵の思うつぼだ。

（心が乱れたら魔法も乱れる。冷静に、冷静に……）

「【雷球】！」

「ガアッ⁉」

心を鎮めて放った雷が最後の狼に命中して、倒れた。

レストは安堵《あんど》の息を吐いて、地面に倒れている三匹の狼を確認する。

「グ……ル……」

「ああ……まだ生きているのか」

覚えたての魔法を使いこなすことができていなかったのか。

感電して痺《しび》れた狼は身動きが取れなくなっているが、三匹ともまだ息がある。

「トドメを刺してやる……【風刃《ウインドカッター》】！」

風の刃《やいば》を放って、三匹の狼の頸部《けいぶ》を切断する。狼の首から大量の血液が流れて出て地面に広がっていった。

（【雷球】は威力よりも速度重視の魔法だな。相手を痺れさせる牽制《けんせい》として使えそうだ）

「ギイッ！　ギイッ！」

「おっと……今度はお前らか」

茂みの中から別の魔物が現れた。子供くらいの体軀《たいく》の人型……ゴブリンである。

狼にやられている仲間を助けに来たのか、それとも、血の匂いを嗅ぎつけてきたのか。

錆《さ》びついたナイフを握りしめたゴブリンが、レストのことを睨《にら》みつけてきた。

「ギギイッ！　ギギイッ！」

「君の仲間をやったのは俺じゃない。そんなに睨むんじゃない」

「ギッ！」

「それに……奇襲はバレているよ！」

レストがヒラリと横に跳ぶ。直後、背後から飛び出してきた別のゴブリンが、先ほどまでいた場所に棍棒《こんぼう》を振り下ろす。

「ギイッ⁉」

「【気配察知】ができなかったら危なかったな。お返しだ！」

【身体強化】の魔法を使用し、奇襲してきたゴブリンを蹴り飛ばす。

最初に出てきたゴブリンが囮《おとり》になり、別のゴブリンが棍棒で殴り殺すつもりだったのだろう。レストが【気配察知】を持っているおかげで、その奇襲は失敗に終わったが。

「ギッ！」

「【水刃《ウオーターカッター》】」

最初の一匹めがけて、水の刃を放つ。

やられた仲間に背を向けて逃げようとしていたゴブリンが背中を斬られて倒れる。

「さて……こっちもトドメだ」

「ギ……イ……」

蹴り飛ばされたゴブリンは木に衝突して倒れていたが、まだ息があった。

魔法で肉体を強化した状態で、頭部を思いきり踏み砕く。

頭蓋骨が砕けて、ゴブリンの頭が落とした卵のようにグチャグチャになる。

「うわ、スプラッターだ……もう慣れたけどな」

レストが魔物退治に来るのは初めてではない。こんな光景はもはや慣れっこだ。

戦闘が終わったのを確認して、周囲の気配を魔法で探る。

近くに魔物らしき気配はない。レストは狼の爪で斬られた腕を治療することにした。

「【治療】」

淡い白色の光に包まれて傷口が塞がった。治癒魔法を教えてくれたのはセドリックではなく、赤ん坊だったレストの魔力を調べて『魔力無し』の診断をした司祭である。

司祭はその後も何かとレストと母親のことを気遣ってくれており、母親の最期をレストと一緒に看取《みと》ってくれたのも彼だった。

『魔法で治せない病もあります。母君は女神の御許《おもと》に召されたのです』

『魔力無し』であるはずのレストが魔法を使えると知った時も、さして疑問に思うことなく、女神の思《おぼ》し召《め》しだとあっさり納得していたのを覚えている。

『どれほど辛《つら》いことがあったとしても、女神はいつも見守ってくれています。どうか道を踏み外さないように正しく生きなさい』

(もしも彼と出会わなければ、この力をもっと短絡的に使っていたかもしれないな……)

怒りに任せて、義母やセドリックを引き裂いていたかもしれない。

母を傷つけて捨てた父親を憎悪のままに燃やしていたかもしれない。

(たぶん、復讐《ふくしゅう》しようと思えばできるんだろうな。この魔力があればきっと……)

五匹の魔物を魔法で討伐したというのに、レストの魔力に少しも目減りした感覚はない。

レストは無限の魔力を持っている。その気になれば、いくらでも悪用できる力である。

(でも……復讐なんてしたら、母さんや司祭様を悲しませてしまうかもしれない。二人を悲しませるようなことはやっちゃいけないよな)

前世で誰かが言っていた……最大の復讐は幸せになることだと。

暴力的な手段で彼らに復讐をするつもりはない。

ただ……上を目指す。父親やセドリックを圧倒できる力と地位を手に入れてやる。

(そのために……もっともっと、魔法の腕を鍛えて強くならないとな!)

レストは魔法で気配を探って、夜の森の中で魔物を探すのであった。

第二章　嫌われ兄と美人姉妹

それから、二年の歳月が経《た》った。

レストは十四歳になったが、扱いは特に変わっていない。

寝泊まりは馬小屋。食事は一日一回、犬食いをさせられる。

栄養は足りなかったが……レストの境遇に同情した使用人がパンや野菜を分けてくれているため、どうにか餓死は免れていた。

魔法の実験台にされているおかげで、使うことができる魔法はどんどん増えている。

精神的なダメージはあるものの……苦難の境遇に耐えて、レストは順調に成長していた。

(来年で十五歳。成人の年齢か……)

昼下がり。馬の世話などの仕事を終えたレストは小屋の横に積まれた薪《まき》の上に座り、これまでの日々を思い出す。

(十歳の時に母が死んで、この屋敷に引き取られてからの四年間。屈辱的な日々だった。でも……それもじき終わりだ)

十五歳になれば、まともな仕事に就くことができる。

この屋敷を出ていき、自由に生きることができるのだ。屈辱の日々も終わりである。

（だけど……できれば自由になるだけじゃなくて、もっと上を目指したいよな）

腹違いの兄のおかげで、レストは中級魔法まで使用できるようになっている。

魔法を使える人材は引く手数多《あまた》だ。現時点で、市井《しせい》に出ても仕事に困らないだろう。

だが……あくまでも困らないというだけ。『上』に登れるかどうかは話が別。

（どうせなら、父よりも上の地位……宮廷魔術師以上を目指したいよな）

レストのことを侮り、踏みにじってきた人間達よりも上の立場に登りつめる。

それが四年間の屈辱を晴らすための最適解だろう。

（そのためには『学園』に通いたい……何か方法はないだろうか？）

『学園』というのは国内最高の教育機関……アイウッド王立学園のことである。

『アイウッド』というのはこの国の国名であり、王族の名前だった。

アイウッド王国は大陸西部にあり、大国というほどの国力はないが小国というわけでもない、中程度の規模の国である。

（王立学園には平民も入学することができる。成績優秀で卒業すれば、宮廷魔術師にだってなれるはず。卒業後の活躍次第では子爵以上の地位だって手に入る。実力だけじゃなくて、かなりの幸運も必要だろうけど）

裏を返せば……王立学園を卒業しなければ、国の要職に就くことは難しい。

父もかつて学園を卒業しており、セドリックもまた学園入学を目指して受験勉強をしている。勉強のストレスから、レストに対する折檻《せっかん》が増えていた。

（学園には十五歳にならないと入れない。貴族であれば無条件で入学試験を受ける資格があるが、平民枠での受験には推薦状が必要だ……）

王立学園は『貴族枠』と『平民枠』で入学試験が分けられている。

貴族枠で試験を受けるには貴族としての戸籍があれば良い。

しかし、平民枠で試験を受けるためには、社会的地位がある人間から推薦状を出してもらう必要がある。

レストも名誉子爵家の血を引く貴族の子供ではあるのだが、父親から嫡子として認められていない。つまり、貴族籍は持っていなかった。

（貴族枠で試験を受けられないとなれば、平民枠しかない。貴族、もしくはそれに近い身分の人間の伝手《つて》が必要だな……）

当然ながら……レストにそんな人脈はない。

ずっと屋敷で使用人扱いされているのだから、無理もなかった。

（うーん、どこかに気前よく推薦状を書いてくれる貴族がいないものか…………ん？）

考え事をしていると……ふと、人の話し声が聞こえてくる。

この屋敷では聞かない声、複数の子供達が話している声だった。

(一人はセドリックだが、他にも何人かいるな……よし、盗み聞きしてやろう)

好奇心から、レストは【風操《ウインドコントロール》】という魔法を発動させた。

この魔法は風を操って物を運んだり、敵を攻撃したりする魔法だったが……応用で遠くの音を運んでくることもできるのだ。

『よし、それじゃあ探検に行こうぜ！』

『ああ、魔物狩りだ！　屋敷の近くにちょうどいい森があるから行ってみようぜ』

『オレ、新しい魔法を覚えたんだ！　早く試したくてウズウズしてたんだよ！』

『ちょっと……子供だけで魔物狩りなんて危ないわ。大人も連れて行きましょうよ』

『私もそう思います。魔物は危ないし怖いですから……』

『なんだ、臆病だなあ』

(……話しているのは五人か。セドリックの友達かな？)

声から判断するに……セドリックと男子二人、女子二人のようだ。

(そういえば……朝食の席で、セドリックの友人が遊びに来ると話していたな。それにしても……森で魔物狩りだって？)

森というのは、レストが普段から魔法の鍛錬で使っている森のことだろう。

日常的に間引いているおかげで、あの森の魔物はかなり少なくなっている。

（でも……最近、どこかから強力な魔物が移ってきたんだよな。姿はまだ見ていないけど）

森の奥から強力な魔物の気配を感じていた。相手もレストの存在に気がついており、お互いに警戒して近づかないようにしている。

『なんだ、やっぱり女は臆病だな！』

『来年には、オレ達は学園に入学するんだぞ？　魔法科や騎士科では訓練として戦闘があるし、魔物と戦う予行練習は必要じゃないか！』

『怖いのなら、待ってたらどうだい？　俺達だけで行くからさ！』

『なっ……私達は臆病なんかじゃない！　訂正しなさい！』

『ね、姉さん、落ち着いて……』

『だったら、行くよな？　大丈夫だって、オレがついているからさ！』

会話は進んでいき……このまま全員で森に行くことで決まりそうだ。

あまり積極的ではない女子二人も同行することになるだろう。

（うーん……セドリックも来年には成人だし、たぶん大丈夫なんだろうけど……）

話を盗み聞きしていたレストは、腕を組んで考え込む。

森に入るのが愚兄だけなら、「勝手にしろ。むしろ死ね」と言ってやるところである。

だが……セドリックの友人らしき四人を見捨てるのは忍びない。

（仕方がない。俺も隠れてついていこうかな……）

今日の仕事はもう終わっている。セドリックのためではない。同行している友人達のために、お守《も》りでついていってやろう。

レストは立ち上がり、セドリックら五人の子供達を追いかけていった。

◇　◇　◇

その森はエベルン名誉子爵家の屋敷から出て、少し歩いた場所にあった。

魔物が棲《す》みついているが、さほど強いものはいない。近隣の冒険者が日常的に出入りして間引きしており、レストも魔法の訓練のために狩っているからだ。

森の深部に入りさえしなければ、成人前の子供が足を踏み入れたとしてもそれほど危険はない……そういう場所のはずだった。

「よーし、行くぞー！　オレについてこい！」

そんな森に五人組の少年少女が入っていく。

先頭に立っているのは茶髪の少年……セドリック・エベルンだった。

宮廷魔術師の父を持つセドリックは、右手に父親から買ってもらった短杖《ロッド》を手にしている。森の土を踏みしめて進む様は自信満々で不安など欠片《かけら》もなさそうだ。

セドリックの背中に続いていくのは友人の男子が二人。いずれもエベルン名誉子爵家と交流のある下級貴族の子供達だった。

そして……さらに後ろを二人の女子。それぞれ、金と銀の髪をロングに伸ばしている。どちらも年齢相応の幼さは残っているが、輝くような美貌の持ち主である。男子三名と比べて明らかに品位があって、高貴な生まれであるように見えた。

「ヴィオラ姉さん……」

「大丈夫よ、プリムラ。私が付いているからね」

金髪の少女の名前はヴィオラ。銀髪の少女の名前はプリムラ。

二人はローズマリー侯爵家に生まれた双子の姉妹である。

姉妹がエベルン名誉子爵家の屋敷を訪れていたのは、セドリックらと親交を図る目的だった。二人の父親であるローズマリー侯爵は宮廷魔術師の長官をしており、セドリックの父親にとっては上司にあたる。

上司と部下が同い年の子供を持っており、来年には同じ学園に入学する予定。

ならば……今のうちに親交を深める時間を作ろうというのは自然な流れだった。

（セドリック・エベルン。すごい魔法の才能を持っているって聞いていたけど……人間としてはダメダメじゃない。私やプリムラに色目を使っているのバレバレよ）

（セドリックさんってなんだか怖いです。私と姉さんを見る目が怖いですし、やたらと自慢ばっかりしてきますし。こんな人と仲良くなんてなれませんよ）

そんな親交の結果として……セドリックはローズマリー姉妹から完全に嫌われていた。

セドリックは父親から、どうにか姉妹のどちらかを口説いて親しくなるように言い聞かせられていた。宮廷魔術師の長官であるローズマリー侯爵の娘を息子の妻として迎えることにより、立身出世を目指しているのだろう。

セドリック自身も美しい姉妹を一目で気に入っており、どうにか彼女達を自分のものにできないかと考えていた。魔物が生息している森に出かけることを強く主張したのも、姉妹に良いところを見せたかったからである。

「ギイ、ギイ」

「お、ゴブリンが出たな！　よし、オレの魔法でやっつけてやる！」

森を歩いていくと、さっそく魔物に遭遇した。

子供のような体型で緑色の肌を持ち、髪の毛が一本も生えていない二本足の生き物。ゴブリンと呼ばれる最下級の魔物である。

「【火球《ファイアボール》】！」

「ギイイイイイイイッ！」

セドリックが短杖を敵に向けて、魔法を発動させた。

拳大の火の玉がゴブリンに命中し、小さな身体《からだ》が炎に包まれる。

ゴブリンは地面に倒れて藻掻《もが》き苦しんでいたが、やがて絶命して動かなくなった。

「ハッハッハ！　ゴブリンごとき楽勝だな。一撃で倒してやったぞ！」

「流石《さすが》はセドリック様！　すごい魔法だ！」

「あんな魔法、俺達にはとても使えねえよ！」

「アハハハハハハハハッ！　どうだ、すごいだろう！」

勝利したセドリックが丸焦げになったゴブリンの死体をゲシゲシと踏みつける。

得意げに笑っているセドリックを、男爵子弟である友人二人が持て囃《はや》す。

「「………………」」

セドリックがチラチラと姉妹の方を窺《うかが》うが……ヴィオラもプリムラもどこか冷めた顔をしていた。セドリックの計算では……ここで姉妹が「素敵！　なんて格好良いの！」と称賛の言葉が浴びせてくれる予定だったのだが、正反対の淡白な反応である。

(姉さん……気持ち悪いです)

(私も同じ気持ちよ、プリムラ……彼は信用しちゃダメね)

姉妹が小声で会話をする。

侯爵家の姉妹である二人は幼少時から打算や下心を持った目で見られることが多く、そうした邪念のある視線に敏感だった。二人とも、セドリックが自分達に良からぬ感情を持っていることをしっかりと感じ取っている。

(エベルン名誉子爵家とは関わらないようにって、お父様に伝えましょう。学園に入学してからも最低限の付き合いにした方が良いわね)

(魔術師としては優秀そうなんですけどね……やっぱり、性格が怖いですよ。絶対に近づきたくありません)

セドリックの姉妹に対するアピールは完全に裏目に出ている。

弱い魔物を倒して調子に乗っているところも、死体を踏みつけて喜んでいるところも、姉妹には不快感しか与えていない。

けれど、両親から甘やかされ、自分本位に生きてきたセドリックはそんなことには気がつかない。むしろ、アピールが足りないのではないかと森の奥を指差した。

「ゴブリンなんかじゃ練習台にもならないな！　もっと奥に進んでみようぜ！」

「あの……いくらこの森が平和な場所でも、奥に行ったら強い魔物がいるのでは？」

「そ、そうですよ。セドリックさん。これ以上はちょっと……」

「ウルサイなあ！　弱い魔物なんていくら倒してもつまらないだろう⁉　大丈夫だって！

天才魔術師であるこのオレがいるんだからな！」

セドリックは得意げに鼻を膨らませて、ズンズンと森の奥に進んでいってしまう。

友人の男爵子息らも慌ててセドリックに続いていった。

「……姉さん、どうしましょう？」

「……彼の言い分も一理あるわ。こんな森でそんなに強い魔物はいないから大丈夫よ」

いくら気に入らない相手とはいえ、危険があるかもしれない場所に行くのを放置するのは良心が咎《とが》める。姉妹は生意気で無鉄砲な子供の面倒を見る保護者の気持ちになりながら、男子三人の後に続いていった。

森を進むにつれて、どんどん木々が生い茂って暗くなっていく。この辺りまで来ると木こりや狩人《かりゅうど》も足を踏み入れないため、人の手が入らず植物が成長し放題になっていた。

出てくる魔物をセドリックらが魔法で倒していく。

そのたびにチラチラと姉妹に色目を使ってきて、姉妹は心からウンザリした。

「ねえ、そろそろ戻った方が良いんじゃないかしら？　魔物狩りはもう十分でしょう？」

いくらなんでも、これ以上は不味《まず》いだろう。いい加減に無駄であると気づいて欲しい。

「森の奥には強い魔物もいるわ。じきに日が暮れるだろうし……もう帰りましょう」

「いや……もう少しだ。もう少しだけ進もうぜ」

「セドリックさん。貴方《あなた》、いい加減に……」

「あと少しだけ！　もう一体だけで良いから、魔物と戦わせてくれよ！」

忠告するヴィオラに、セドリックが必死な様子で言い募る。

まだローズマリー姉妹を自分に惚《ほ》れさせていない。もっと強い魔物を倒せば、才能を見せつければ……必ず、自分のことを好きになってくれるはず。

幼い頃から魔法の才能を称賛され、腹違いの弟を無能者として虐《しいた》げて生きてきたセドリックは、持ち前の傲慢さからそう確信していた。

「「ハア……」」

姉妹から向けられる視線の温度がどんどん下がっていくが、セドリックは気がつくことなく森のさらに奥に進んでいく。

「セドリックさん！　待ってくださいよ！」

「置いてかないでくださいって！」

一人で進んでいくセドリックを友人二人が追いかける。

「ちょっと待ちなさいよ！　いい加減にしなさい！」

「ね、姉さん……！」

姉妹も仕方がなしに三人の男子を追いかける。

いっそのこと、彼らを放っておいて自分達だけ帰ってしまおうかとも思ったが……それを実行に移すのが遅かった。

ここまで深部に来てしまうと、姉妹だけで森の外に出るのも危険が伴う。ローズマリー姉妹はもっと早く、自力で森から出られるうちに決断するべきだったのだ。

「お、狼《おおかみ》の魔物がいたぞ！」

彼らの前に大型犬ほどの狼が現れる。

狼は輝くような銀色の体毛を生やしており、滅多《めった》に見ない美しい狼だった。

「え……あの魔物って……」

ヴィオラが瞳を見開いた。

銀色の狼の魔物……その正体に心当たりがあったのだ。

「ハハッ！　現れたな、魔物め！　ぶち殺してやるよお！」

「ちょ……待ちなさい！　その魔物は……！」

「【風刃《ウインドカッター》】！」

「キャインッ！」

ヴィオラの制止は間に合わず、セドリックが魔法の刃《やいば》を放ってしまう。

銀色の狼が胴体を斬られ、血を流して倒れる。

「キュ、キュウ……」

「よーし、トドメだ！　コイツは持ち帰って剝製にしてやるぞ！」

「やめなさい！　その魔物を殺したらダメよ。その魔物は……！」

「ガアアアアアアアアアアアアッ！」

その瞬間、身の毛もよだつような絶叫が森に響いた。

周辺の木々が震えて、ズシンと大きな音を立てて地面が揺れる。

「ヒイッ⁉　なんだあっ⁉」

突然の出来事に、狼にトドメを刺そうとしていたセドリックが尻もちを搗《つ》く。

友人の男子二人も同じようにへたり込んでいる。

「ね、姉さん！」

「プリムラ！　早くこっちへ……！」

ヴィオラがプリムラを連れて、慌ててその場から逃れようとする。

しかし、姉妹が逃げるよりも先に木々が薙《な》ぎ倒され、『それ』がやってきてしまう。

「グルルルルルルルルッ！」

「あ……！」

それは白銀の体毛をまとった狼だった。

セドリックが倒したものとは比べ物にならないほど大きくて、象に近い大きさがあった。

満月のような黄金色の瞳が逃げようとする姉妹を捉え、影を縫ったように硬直させる。

「ホ、ホワイトフェンリル……！」

プリムラが震える声で、その名前を口に出す。

それはもっと北の寒冷地に住んでいるはずの魔物である。宮廷魔術師やベテラン冒険者がようやく倒せるような強力な魔物で、賢くて獰猛《どうもう》な魔狼として知られていた。

セドリックが倒したのはホワイトフェンリルの幼生体だったのだ。幼生体でも普通の狼と同じくらいのサイズがあるため、子供であると気がつかなかったのである。

「た、助け……ヒイイイイイイイイイイッ！」

とんでもない怪物を前にして、セドリックが恐慌を起こして逃げ出そうとする。

猛獣を前に背中を向けるなんて、この状況ではありえない迂闊《うかつ》な判断だ。

案の定、ホワイトフェンリルが素早く地面を蹴って飛びかかり、セドリックの身体を前足で蹴り飛ばす。

「グヘッ……！」

蹴られたセドリックがボールのように飛んでいき、太い木の幹に衝突した。

ズルズルと地面に崩れ落ちて、そのまま気を失ってしまう。

「せ、セドリックさん！」

「うわあああああああああああっ！」

二人の男子が悲鳴を上げると、鬱陶しいとばかりに再び前足が振るわれる。

ダン、ダンと鈍い音が二度生じて、男子達が腐葉土の地面に叩《たた》きつけられた。

「ね、姉さん……どうしよう。このままじゃ私達も……！」

「お、落ち着いて、プリムラ。大丈夫よ……！」

姉妹が顔を青ざめさせながら、恐怖に後ずさる。

よくよく観察してみると、ホワイトフェンリルは後ろ足を引きずっていた。他にも大小の怪我《けが》を負っているように見える。

おそらく……北方に棲《す》んでいた彼らは敵と戦い、敗北して南に逃れてきたのだろう。

「……ホワイトフェンリルは獰猛ではあるけれど、とても賢くて人の言葉を介すると本で読んだことがあるわ。怪我をしているし、見逃してくれるかも」

「グルルルルルルルルルッ！」

ホワイトフェンリルが黄金色の瞳で姉妹を見据える。

唸《うな》り声《ごえ》をあげて威嚇してくるが……ひとまず、襲ってくる様子はない。ヴィオラが勇気を振り絞って、一歩前に進み出る。

「あ、あなたの子供を傷つけてごめんなさい。こんなことをするつもりはなかったのよ」

「グルルル……」

「私達はもうここを立ち去るわ。あなたにも子供にも危害を加えない。だから……見逃してくれない……？」

恐る恐るヴィオラはそう口にして、ホワイトフェンリルの様子を窺《うかが》った。

「…………」

ホワイトフェンリルもしばし姉妹のことを窺っていたが……やがて、巨大な口を頭上に向けて、高々と吼《ほ》える。

「グオオオオオオオオオオオオオッ！」

「「ヒッ！」」

姉妹が寄り添い、そのままへたり込んだ。逃げ出そうという意識すら浮かばなかった。捕食者の威圧を間近で喰《く》らってしまい、腰が抜けてしまったらしい。

「プリムラ……」

「姉さん……」

姉妹が互いの名前を呼んで、ヒシと抱き合った。

恐怖に震える姉妹は戦うことも、逃げることもできない。ホワイトフェンリルがジリジリと二人に近づいてきて、大きな口を開いて姉妹を噛《か》み砕《くだ》こうとする。

「【風球《ウインドボール》】！」

「ギャンッ！」

「「え……？」」

しかし、ホワイトフェンリルの横っ面に強烈な一撃が叩き込まれる。

姉妹が驚きに目を見開いて、魔法が飛んできた方向に顔を向けた。

「やれやれ……本当に仕方がないなあ。ウチの愚兄はこれだから……」

面倒臭そうにぼやきながら茂みの中から現れたのは、姉妹と同年代の少年である。

黒髪黒目。やや薄汚れた服を着ているが顔立ちは整っていた。

「セドリックがやらかしちゃって、すまないね。もう心配いらないから大丈夫だよ」

そう言って、少年……レストは姉妹に優しく微笑《ほほえ》みかけたのである。

◇　◇　◇

セドリックがやらかした。

幼生体であることに気がつかず、ホワイトフェンリルの子供に攻撃をしてしまったのだ。

高位貴族らしき少女達が巻き添えで襲われそうになっているのを見て、すぐ傍《そば》に隠れて見守っていたレストが魔法を放った。

「【風球】！」

「ギャンッ！」

姉妹に喰らいつこうとしていたホワイトフェンリルの横っ面に風魔法を叩きつける。

予想外の方向からの一撃により、ホワイトフェンリルの身体《からだ》が軽く吹き飛ばされる。

「セドリックがやらかしちゃって、すまないね。もう心配いらないから大丈夫だよ」

「あ、貴方はいったい……？」

「ふあ……？」

ヴィオラとプリムラが呆然《ぼうぜん》とした眼差《まなざ》しをレストに向けてくる。

レストは怖がらせないように、胸に手を当てて精いっぱい紳士的な微笑みを浮かべた。

「えっと……俺の名前はレストという。とても不本意ではあるが、そこに転がっているセドリックの腹違いの弟だよ」

「弟さん……でも、彼に兄弟がいるなんて聞いたことがないけど……」

ヴィオラが恐る恐るといったふうに訊《たず》ねてきた。

レストは穏やかな表情を浮かべたまま、愚兄の被害者である二人に謝罪する。

「庶子として生まれたから、存在を伏せられているんだ……深くは気にしないでくれ」

「後ろっ！」

プリムラが叫んだ。

直後、ホワイトフェンリルがレストの背中に襲いかかってくる。

「ガアアアアアアアアアアアッ！」

「ああ、悪かった。忘れていたよ」

「ガッ⁉」

レストの肩に喰らいつこうとするホワイトフェンリルであったが……透明な空気の壁によって弾《はじ》かれた。風の魔法によって生み出された防壁……【風壁《ウインドウオール》】である。

「悪かったね。君の住処《すみか》を荒らして。子供まで傷つけて」

「グルッ……！」

「これはお詫《わ》びだよ……【治癒《ヒール》】」

レストはホワイトフェンリルの身体に向けて治癒魔法を発動させた。

ホワイトフェンリルの身体についていた大小の傷が残らず消えてしまう。

「何をっ……！」

ヴィオラが思わずといったふうに声を上げるが、視線で「大丈夫だ」と訴える。

「そっちの子供も治すよ……【治癒】」

「キュウ……」

セドリックの魔法によって斬り裂かれ、倒れている子狼にも治癒魔法を飛ばす。

子狼が不思議そうな顔をして立ち上がり、小さく鳴いた。

「これで手打ちということにしないかな？　また怪我をするのは嫌だろう？」

「グルルルル……」

ホワイトフェンリルは唸り声を上げながら、ゆっくりと後ずさる。

退《ひ》くべきか、戦うべきか……黄金色の瞳が迷うように揺れていた。

「もしも退いてくれないというのなら……仕方がないな」

レストが手を挙げて力を解放すると、熱したポットから蒸気が噴出するようにレストの全身から蒼《あお》い魔力が噴き出した。

「キャンッ⁉」

ホワイトフェンリルが驚いて子犬のように鳴く。

通常、魔力というのは肉眼では見えないものである。

だが……レストの魔力はあまりにも膨大で高濃度のため、視認することができていた。

「キャンッ！　キャンッ！」

ホワイトフェンリルが我が子を口に咥《くわ》えて、一目散に逃げていく。

これだけ怖がらせれば、森のさらに奥に行ってくれることだろう。

ホワイトフェンリルはゴブリンなどとは違って人里に出て悪さをする魔物ではないので、対処としてはこれで十分である。

「すまない、君達も怖かっただろう？」

「「え……」」

魔力を消したレストが、へたり込んでいる姉妹を振り返る。

ヴィオラとプリムラはそろって瞳を見開いており、レストのことを見つめていた。

「このまま森の外まで送っていくよ……それで申し訳ないんだけど、今日のことは父や兄には黙っていてくれないかな？」

「そ、それは構わないけれど……どうして？」

「あの魔力は宮廷魔術師の長官であるお父様より凄《すご》かったです。貴方《あなた》はいったい……？」

ヴィオラとプリムラが訊ねてくるが……レストとしても説明はできない。

ここは勢いで押し切ろうと、笑顔を浮かべる。

「貴族ですらない、ただの馬番だよ。気にしなくていい」

その後、レストは何か言いたげな姉妹を連れて森から出た。

セドリックと二人の男爵子息はホワイトフェンリルによって気絶させられていたが、骨折程度の怪我《けが》で命には別状はなさそうだった。

(個人的には見捨ててしまいたいところだが……どうせ後で死ぬほど叱られるだろうから、助けておいてやるか)

レストは三人の身体を【浮遊《フローティング》】という魔法で空中に浮かせて、荷物のように運搬した。

「それじゃあ、これで」

エベルン名誉子爵家の屋敷の前に三人を捨てて、レストは颯爽《さっそう》と立ち去ろうとする。

立ち去るといっても帰る場所があるのはこの屋敷だ。裏口に回って入り直すだけである。

「あ、ちょっと!」

「待ってください……!」

姉妹が何かを叫んでいたが……相手は侯爵令嬢。住む世界の違う相手である。

どうせ、もう会うことはないだろう……そう思いながら、その場を立ち去った。

◇　◇　◇

「何ということをしてくれたのだ！　あの馬鹿息子め！」

エベルン名誉子爵家の当主、ルーカス・エベルンが屋敷の執務室で怒声を発した。

ルーカスの息子であるセドリックがとんでもないことを仕出かしてしまったのだ。

ローズマリー侯爵家の姉妹……ヴィオラとプリムラを森に連れ出し、あわや命を落としかねない危機に陥らせた。

運良く彼らを襲ってきた魔物が立ち去ってくれたから良かったものの、あと少しで二人が怪我じゃ済まない目に遭うところだった。

「姉妹にはくれぐれも丁重に接しろと言っていたのに……私の計画が台無しだ！」

「貴方、あんな娘達はどうでも良いではないですか！　そんなことよりも、息子が……セドリックが怪我をしてしまったんですよ⁉」

ルーカスの妻……リーザ・エベルンが騒ぐ夫に向かって金切り声を発する。

「息子が怪我をしたのに、他所《よそ》の娘のことなど気にしている場合ではないでしょう！」

「そんなことを言っていられる場合ではない！　このままでは、私達は貴族でなくなってしまうのだぞ⁉」

「え……？」

リーザが心底、不思議そうな顔をしている。

何もわかっていない妻に苛立《いらだ》ちながら、ルーカスはテーブルに拳を叩《たた》きつけた。

「ヴィオラ嬢とプリムラ嬢……あの二人はローズマリー侯爵家の娘。私の直属の上司である宮廷魔術師長官の娘なのだぞ！」

エベルン名誉子爵家も貴族であったが、ローズマリー侯爵家とは格がまるで違う。

名誉子爵というのは役職に付随して与えられる爵位であり、『にわか貴族』や『貴族もどき』などと蔑視されている存在だった。

ルーカスが宮廷魔術師の地位に就いているため仮初《かりそめ》の貴族の地位を与えられているが、役職を退いたら平民に戻ってしまう。

「ローズマリー侯爵がその気になれば、私をクビにして宮廷から追い出すことは容易だ！もしも宮廷魔術師でなくなってしまえば、その時点で平民に落ちてしまう……！」

こんなことなら、ローズマリー侯爵家の娘を屋敷に招くのではなかった。

ローズマリー侯爵家には二人の娘がいて、いずれも類《たぐい》まれな美貌の持ち主である。

姉妹のどちらかとセドリックをくっつけ、妻として娶《めと》らせようと思っていたのだが……

その思惑が仇《あだ》となってしまった。

「ローズマリー侯爵家の娘を我が家に迎えてセドリックの後ろ盾にすることができれば、子爵どころか伯爵への昇進もあり得たかもしれぬ。それなのに、あの馬鹿息子め……！」

来年、一緒に王立学園に入学することを利用して、必死に交流の機会を持つように頼み込んだというのに。絶対に姉妹を落とすようにと言い含めておいたのに、まさかこんなことを仕出かしてしまうとは。

すでにローズマリー侯爵家に謝罪に行っているが、見事に門前払いを喰《く》らってしまった。取り付く島もない状態。弁明の機会すら与えられなかった。

「そ、そんな……冗談でしょう？　私達が平民に……？」

リーザがようやく事態を把握したのか、ワナワナと震える。

「話が違いますわ！　私達は子爵に、貴族になれるのではなかったのですか⁉」

「セドリックがしっかりしていたのであれば、そうなっていたはずなのだ。いったい、どこで教育を間違えたというのだ……！」

「あ、あの子は心優しくて良い子のはずなのに……そんな、いくら過失のない事故とはいえ、女性を怪我させるようなことをしてしまうなんて……」

ルーカスとリーザは幼少時から息子のセドリックを甘やかしており、ほとんど叱ることはなかった。そんな甘い教育のせいでセドリックの人格が歪《ゆが》んでしまい、弱者を虐《しいた》げて身勝手に振る舞う人間になっていると気がついていない。

「セドリックは魔力無しの出来損ないとは違うはずなのに、どうしてこんなことに……」

「旦那様、失礼いたします」

扉をノックして、執事が入ってきた。

「ローズマリー侯爵家より書状が届きました」

「何っ⁉　こっちへ寄こせ！」

ルーカスがひったくるように執事の手から手紙を奪い取る。

封を開けて、折りたたまれた手紙を開いて中に目を通し……そして、固まった。

「何だと……これはいったい……？」

「ちょ、ちょっと貴方！　何が書いてあったのよ⁉」

リーザが焦って夫に訊ねるが、ルーカスは手紙を手にしたまま停止している。

かなり長い時間、石像のようになっていたが……不意に顔を上げて妻に告げる。

「あの出来損ないを……レストをローズマリー侯爵家の屋敷に招待したいとのことだ。私達やセドリックは来なくていい、アレだけを招くと……」

「…………はい？」

予想もしない手紙の内容にルーカスとリーザはそろって思考停止に陥り、呆然《ぼうぜん》として黙り込んだのであった。

◇　　◇　　◇

エベルン夫妻が頭に大量の疑問符を浮かべる一方。

王都にあるローズマリー侯爵家のタウンハウスでは、ヴィオラとプリムラ……麗しの姉妹が物憂げに溜息《ためいき》を吐《つ》いていた。

結婚するなら、自分よりも強い人にする。

それはローズマリー侯爵家の長女であるヴィオラ・ローズマリーが以前から決めていたことである。

「ハア……彼、いったい何者なのかしら……」

ヴィオラは寝室のベッドの上に仰向《あおむ》けになり、ぼんやりとつぶやいた。

入浴したばかりなのだろう。湿り気を残した金髪が扇のようにベッドに広がっている。

寝間着のネグリジェ姿により、年齢以上に発育の良いスタイルが惜しげもなくさらされていた。酷《ひど》く無防備で扇情的な姿だが、自室に一人きりのため咎《とが》める人間はいない。

(レスト……姓は名乗っていなかったけど、エベルン名誉子爵家の子供なのよね？)

寝転がるヴィオラの脳裏に浮かぶのは、自分と妹の命を助けてくれた少年の顔である。

レストとだけ名乗った少年の顔が頭から離れない。

ヴィオラの父親……ローズマリー侯爵は宮廷魔術師の長官をしていた。

宮廷魔術師は王家に仕える直属の魔法使いのことで、近衛騎士団と並ぶ王国の盾である。

ローズマリー侯爵家は魔法に長《た》けた家系であり、優れた魔術師を何人も輩出していた。

そんな家の長子として生まれ育ったヴィオラもまた幼少時から魔法を習っており、優秀な成績を収めている。

(私はいずれ、婿を迎えてローズマリー侯爵家を継ぐことになる。偉大なる魔術師の家系であるローズマリー侯爵家を盛り立てていくためには、私よりも強い夫が必要……)

ヴィオラは自分よりも優れた魔術師としか結婚しないと決めている。

そんな折、父親の部下であるエベルン名誉子爵に優秀な息子がいるという話を聞いた。

おまけに、その息子というのがヴィオラとプリムラと同い年。来年、王立学園を受験する予定であるとのこと。

ちょうど良い相手だ。自分の婚約者候補として、どんな人物か会ってみよう。

そう思って、妹と一緒にエベルン名誉子爵家を訪れたヴィオラであったが……顔を合わせて、すぐに失望した。エベルン名誉子爵家の嫡男であるセドリック・エベルンは傲慢で身勝手、自分本位な子供だったのだ。

どれだけ甘やかされたらこんなふうに育つのか……当然のように自分以外の人間を見下している。自分が世界の中心であることを疑っていないような幼稚な少年だった。

（魔法の才能はあるのだろうけど……正直、コレを夫にすると思ったらゾワッとするわね。生理的に受け付けないわ）

自分よりも強い魔術師を夫にすると決めているヴィオラであったが、セドリックを夫にしたいとは少しも思えなかった。

魔法の才能は確かにすごい。森に連れていかれて魔物を倒すところを見せつけられたが、ヴィオラよりも才能で優《まさ》っていると断言できる。

だけど……それ以外の部分で一つとして尊敬できる部分がない。セドリックが侯爵家に婿入りしてこようものなら、財産を食い潰されて家が衰退するのが目に見えている。

（ダメね、この男は。他を探しましょう）

森に入って早々に、ヴィオラはセドリックに見切りをつけた。

（強い魔術師であることは最低条件だけど、最低限の人格は必要よね。いっそ身分は低くても良いから、性格が良くて魔法にも長けた男の子はいないかしら？）

そんな都合の良い人間が見つかるわけがない。

そう思っていたヴィオラであったが……条件に合った男性が驚くほど早く見つかった。

『俺の名前はレストという。とても不本意ではあるが、そこに転がっているセドリックの腹違いの弟だよ』

ホワイトフェンリルに襲われた窮地を救ってくれたのは、セドリックの弟を名乗る少年である。

ボロボロの服を着てはいるが顔立ちは整っており、何よりヴィオラとプリムラに対する気遣いが感じられた。初対面であったがとても好感が持てる。

（そして……彼は強かった。私よりも、セドリックよりも……！）

ホワイトフェンリルを吹き飛ばし、鋭く尖《とが》った牙を防壁によって受け止めて。

そして……身体《からだ》から膨大な魔力を噴き出させて、追い払ってみせた。

圧倒的な才能。自分などとは明らかに異なる隔絶した潜在能力。

まざまざと格の違いを見せつけられた時、ヴィオラはもはや自分の伴侶となるのは彼以外にあり得ないと確信した。

（彼しかいない……夫にするのは、ローズマリー侯爵家の婿になるのは彼しかいない！）

レストと名乗った少年の子供をヴィオラが孕《はら》めば、生まれてくる子供は絶対に次世代最高の魔術師になるだろう。

それどころか、王国の歴史上稀《まれ》に見る大賢者が生まれるかもしれない。

（プリムラも彼のことを気にしているようだけど……どうしようかしら？）

ヴィオラにとって、プリムラは可愛《かわい》い可愛い妹である。

プリムラのためならば、宝物のドレスもアクセサリーも与えても良いが……彼だけは譲れない。彼ほど、自分の夫に相応《ふさわ》しい人間が二度と現れるものか。

「でも……プリムラと争うのはやっぱり気が進まないわね。いっそのこと、彼をプリムラとシェアすれば……って、私ってば何を考えているのよ⁉」

ヴィオラが顔を真っ赤にして、ベッドの上を左右に転がって悶絶《もんぜつ》する。

「た、確かに、優秀な魔術師はたくさん子供を持つべきだと思うし、高位貴族が複数の女性を妻にするのは珍しくないけど……で、でも、姉妹そろってなんて不潔だわ！　交互に抱くなんてダメよっ！」

ヴィオラが自分と妹がレストに抱かれている姿を思い浮かべ、キャアキャアと鳴く。

ヴィオラ・ローズマリー。十四歳……絶賛、思春期爆発のお年頃である。

「レスト様……今頃、何をしているのでしょう？」

また……同じ屋敷の別の部屋では、ローズマリー侯爵家の次女であるプリムラ・ローズマリーが鏡を前に溜息を吐いていた。

鏡台の前に座ったプリムラの前にはいくつもの化粧品が並べられている。

さらに、ベッドの上には何着ものドレスが広げられていた。

（お化粧はしたことがないけど……レスト様のために、少しでも自分を彩らないと……）

プリムラは侯爵家に生まれた双子の姉妹、その妹である。

気が小さく、普段から姉の陰に隠れていることが多いのだが……その夜は珍しく化粧の練習をしていた。

目的は屋敷に招いた少年……レストをもてなすためである。

プリムラと姉は父親であるローズマリー侯爵に頼んで、命の恩人であるレストのことを屋敷に招いてもらった。

娘を危険な目に遭わせたセドリックの弟だと聞いて、父親は良い顔をしなかったが……姉妹でレストが如何《いか》に優れた魔術師か、如何に紳士的で気遣いのできる人間であったかを説いて、ようやく招待状を送ってもらったのだ。

（ごめんなさい……ヴィオラ姉さん。やっぱり、レスト様のことは譲れません……！）

プリムラは物心ついた頃から、姉のヴィオラに対してコンプレックスを持っていた。

ヴィオラは金色の髪をなびかせた美貌の持ち主であり、気が強く、魔法の才能にも優れている。そんな双子の姉はプリムラにとって憧れであると同時に、壁でもあった。

姉がいる限り、自分は決して一番にはなれない。ずっと二番目のままだ。

絶対に姉を超えることはできない……そんな強迫観念じみた意識が、常にプリムラの後をついて回っていた。

実際には、そこまで自分を卑下することはなかっただろう。

薔薇《ばら》と百合《ゆり》のどちらが美しいかなんて、誰にも決める権利はない。

プリムラにはヴィオラのような生命力溢《あふ》れる力強い美しさはなかったが、代わりに楚々《そそ》としてたおやかな美しさを持ち合わせている。

二人の両親だって、姉妹に明確な差をつけたことはなかった。プリムラのコンプレックスは、あくまでも彼女が勝手に抱いているものだ。

そんなふうに悩んでいたプリムラであったが、姉と一緒にエベルン名誉子爵家に招かれることになった。婚約者候補……セドリック・エベルンとの交流を図るために。

正直、気は進まなかったのだが……姉のお眼鏡《めがね》には適《かな》わずとも、プリムラの夫となる可能性はある。仕方がなしに姉についていった。

そこで紹介を受けた少年……セドリック・エベルンに対してプリムラが抱いたのは、とにかく不快感ばかりである。

(私と姉さんの胸ばかり見ている……汚らわしい)

双子の姉であるヴィオラは年齢以上に発育が良いが、実はプリムラの方が少しだけ胸は大きい。そんな発育の良い胸をジロジロと不躾《ぶしつけ》に見られて、プリムラはとにかくセドリックに対して苦手意識を感じた。

嫌悪の感情は森を進むにつれて、大きくなっていく。

本人は自分の強さをアピールしているつもりなのだろうが、魔物を容赦なく殺して死体を踏みつけ、笑っているセドリックはとにかく恐ろしかった。

(この人のことは絶対に好きになれません……一秒だって同じ空間にいたくない)

姉がいなければ、プリムラは一目散にその場から逃げていたことだろう。

(結婚するのなら優しい人が良い。お金持ちじゃなくても、格好良くなくても構いません。私の気持ちを尊重してくれる思いやりのある人が良い……)

そんなことを普段から考えているプリムラであったが、同世代の少年でその条件に合う男子はなかなか現れなかった。

そもそも、プリムラの前に現れるのはほとんどが貴族の子弟。

特権階級で生まれた子供は、どうしても気が強くてプライドが高い人間が多い。

全員がそういうわけではないが……プリムラが侯爵令嬢であることもあって、周りに集まってくるのは権力に惹《ひ》かれた人間ばかり。権力に興味がない人間の場合、プリムラが侯爵令嬢ということに萎縮してしまって、自然体で接してはくれなかった。

『セドリックがやらかしちゃって、すまないね。もう心配いらないから大丈夫だよ』

だが……その少年は唐突にプリムラの前に現れた。

ホワイトフェンリルに襲われていたところを助けてくれたのは、穏やかで安らぐような瞳をした少年である。

セドリックの弟を名乗った彼……レストは兄が危ない目に遭わせたことを申し訳なさそうにしてはいたものの、ごく自然体でプリムラ達に接してくれた。

おまけに、彼は怪我《けが》をしたホワイトフェンリルとその子供に治癒魔法を施して、命を奪うことなく逃がしてあげたのだ。

プリムラとて宮廷魔術師の娘である。魔物がいかに危険な存在であり、人々の生活のために狩らなければいけないことは知っている。

それでも、慈愛をもって姉妹を救い、慈悲をもってホワイトフェンリルを見逃した少年に対して強く惹かれてしまった。

（優しい人……とてもとても、優しい人。こんな人がこれから先も隣にいてくれたら、どれだけ穏やかで満ち足りた気持ちで生きていけるでしょう……）

優しく、落ち着いていて、余裕があって、頼りがいもある。同世代であるにもかかわらず、自分よりもずっと年上の大人と接しているような感覚だった。

レストという少年はプリムラにとって理想の男性だったのだ。

（姉さんもレスト様のことを気にしているようだったけど……これだけは負けられない）

ずっと強い姉の日陰で生きてきた。今度も引き下がってしまったら、自分は生涯日の当たらない場所で生きていくことになる気がする。

（いくら大好きな姉さんでも、レスト様を譲るなんてできない。絶対に……！）

もしも叶《かな》わないのであれば、いっそのこと二人で……。

不穏なことを考えそうになって、プリムラはフルフルと首を横に振る。

「レスト様はどんなドレスが好きでしょうか……」

化粧の練習を終えたプリムラは、夜遅くまで、初めて愛《いと》おしいと思った男性に見せるためのドレスを選ぶのであった。

第三章　侯爵家からの招待状

森でローズマリー姉妹と出会った数日後。

早朝、レストは珍しく父親の執務室に呼び出された。

「おい……これはどういうことだ、出来損ない」

開口一番。いきなり罵倒の言葉を浴びせられてしまった。

「何の話でしょう？」

「ローズマリー侯爵家から招待状が来ている。私やセドリックではなく、お前にだ」

父親……ルーカス・エベルンが不機嫌を露《あら》わにして言ってくる。

「御息女らの強い希望であるとのことだ……いったい、どこで彼女達に会った？　まさか、お前の素性を話したのではないだろうな？」

「……ご令嬢が屋敷を訪れた際に少し庭で話をしただけです。特に当たり障りのない会話しかしてはいませんが？」

「…………」

レストが素知らぬ顔で答えると、ルーカスが疑うような視線をぶつけてきた。

ルーカスはしばし忌々しげに睨《にら》みつけていたが……やがて、大きく舌打ちをする。

「貴様のような下賤《げせん》が侯爵家の招待を受けるなど、本来はあり得ないことだ。だが、侯爵家からの招待を断るわけにはいかない。たとえ先日の事故がなかったとしても」

「さようですか」

「まったく、どうして貴様のような庶民の血を引いた『魔力無し』が……」

ブツブツと小言を口にしているルーカスであったが……レストとしては知ったことのない話である。八つ当たりしないでもらいたいとしか思わなかった。

「まあ、良い……くれぐれもローズマリー侯爵に無礼がないように。靴を舐《な》めてでも媚《こ》びを売って、セドリックの失態を詫《わ》びてくるように」

それから、父親の指示を受けたレストは身支度を整えることになった。この屋敷にやってきてから初めて入浴して、一度も着たことがないような上等な服を着させられる。

馬小屋で暮らしている子供にするとは思えない扱いだ。よほど侯爵に負い目があるのか、それともレストを虐《しいた》げていることを隠したいのだろうか。

「こうやって見ると、俺も捨てたもんじゃないよな。まるで貴族様みたいじゃないか」

鏡に映った自分の姿を見て、レストは苦笑する。

「みたい」じゃなくて貴族の生まれなのだが、馬の臭いに慣れ過ぎて忘れていた。

準備ができたら、エベルン名誉子爵家の馬車に乗せられてローズマリー侯爵家の屋敷に連れていかれる。父や兄はついてこなかったが……もしかすると、招待状に「来るな」とでも書いてあったのかもしれない。

(俺が父や兄には知らせないで欲しいと頼んだから、気を遣ってくれたのかな?)

しばらく馬車は走っていき、やがてローズマリー侯爵家のタウンハウスに到着した。

「着いたよ。気をつけてな」

「ああ、ありがとうございます」

顔見知りの御者にお礼を言って、馬車から降りた。

そこにあったのは大きな大きな屋敷である。エベルン名誉子爵家とは比べ物にならない。

所詮は名誉子爵でしかないエベルン家と、領地持ちの大貴族との明らかな差である。

「いらっしゃい、レスト君!」

「いらっしゃいませ、レスト様!」

馬車から降りるや、屋敷から二人の少女が駆け寄ってきた。

金と銀の美しい髪を伸ばしている少女……ヴィオラとプリムラ。森で助けたローズマリー侯爵家の姉妹である。

「待っていたわ、今日はわざわざ来てくれてありがとう! また会えて嬉《うれ》しいわ!」

「本来であれば、こちらから御礼に伺わなければいけないところを申し訳ありません。すぐにお茶をご用意しますね！」

「え、ええ!?　ちょ、ちょっと……！」

ヴィオラとプリムラがレストの両腕を摑《つか》んで、屋敷の方まで引きずっていく。

慌てて振り返ると、エベルン名誉子爵家の使用人である御者がギョッとしている。

啞然《あぜん》とした様子の御者であったが、すぐにレスト達から目を逸《そ》らして明後日《あさって》の方を向いた。口笛を吹く真似《まね》をしており、見なかったことにしたようだ。

（気持ちはわかる。こんなのあの父親に報告なんてできないもんな）

「それじゃあ、行きましょう」

二人に引っ張られて、屋敷の庭をズンズンと進んでいく。

可愛《かわい》い女子二人に腕を摑まれながら、レストの頭にあるのは困惑である。

（お、おかしい……俺は二人からそんなに好かれるようなことをしたっけ？）

命を助けたが……そもそもの原因を作ったのは、腹違いの兄であるセドリックだ。

身内の尻拭いをしただけだというのに、ここまで好感触になるものだろうか。

「庭園でお茶の準備をしているのよ。こっちに来て頂戴」

「美味《おい》しいお菓子もありますよ。さあ、どうぞ」

レストは庭園の真ん中に置かれたテーブルに連れていかれた。

広々とした庭園には季節の花々が咲いており、鮮やかな色彩の花が目を楽しませる。

「こちらのテーブルにどうぞ」

プリムラに促されて、円形のテーブルに着いた。

姉妹が左右に座ってきて、控えていたメイドが手早く紅茶とケーキの準備をしてくれる。

「ウチのメイド、とってもお茶を淹《い》れるのが上手《じょうず》なのよ。こっちのケーキもシェフが腕によりをかけて作ったものなの」

「私と姉さんのお気に入りなんです。レスト様のお口にも合えば良いんですけど……」

「い、いただきます……」

やたらと二人との距離が近いことに困惑しつつ、ティーカップを手に取った。

芳醇《ほうじゅん》な紅茶の香り。素人《しろうと》でもこれが高級品であるとわかる。

前世を含めて、ここまで香り立つ紅茶の匂いを嗅いだことがあっただろうか。

「ん……」

口をつけて、できるだけ味わいながら口内に流し込む。

正直、これが美味しいものなのかわからない。紅茶を飲み慣れていないせいだろう。

「どうですか？」

「…………」

プリムラが不安そうに訊《たず》ねてきた。ヴィオラもこちらをジッと見つめてくる。

どうリアクションするのが正解かわからなかったが……正直な感想を口に出す。

「紅茶はあまり飲んだことないからわからないけど……少なくとも、俺は嫌いじゃない」

そんな感想を口に出してから……今更のように、こんな気安い口調で良いか不安になる。

相手は侯爵家の令嬢である。敬語で話した方が良かったのではないか。

「そうですか……良かった……」

「こっちのケーキも食べてみて。絶対に美味しいから」

けれど、姉妹は気にした様子もなくケーキを勧めてくる。それはクリームたっぷりのショートケーキだった。上に載っている苺《いちご》が鮮やかな赤色で目を楽しませてくれる。

「ゴクリ……」

ケーキだなんて、何年ぶりだろうか。

少なくとも、この世界に転生してからは初めてである。

（前世でだって、滅多《めった》に食べられなかったな。親は買ってくれなかったし、自分の誕生日にバイト代を使ってコンビニで買って食べたくらいか……）

「い、いただきます……」

涙がこぼれそうになるのを堪《こら》えながら、レストはケーキを一口食べる。

「美味《うま》ッ……!?」

そして……舌の上に広がる甘酸っぱさに悶絶《もんぜつ》しそうになる。

そのケーキはとんでもなく美味だった。クリームの甘味《あまみ》と苺の酸味が絶妙で、それでいてしつこくなくて飽きさせることのない完璧な調和。いったい、どれだけの手間と時間をかければ、こんな芸術品のようなスイーツを生み出すことができるのだろう。

「気に入ってくれたみたいですよ。姉さん」

「そうね、良かったわ」

「ングッ、アグッ……モグモグッ……!」

レストは夢中になって、目の前のケーキを口に運ぶ。左右にいる二人に見られていることなど気にならない。身体《からだ》の全神経がケーキに集中してしまう。

そして……目の前のケーキを一欠片《ひとかけら》残さず平らげて、ようやく自分がとんでもなく下品な食べ方をしていたことに気がついた。

「ご、ごめん……つい……!」

「良いのよ、気にしないで」

「可愛かったですよ。子供みたいで」

「………」

微笑《ほほえ》ましそうにしている二人に、かえって赤面させられてしまう。

第二の人生初のケーキのせいで我を失っていた。とてもとても恥ずかしい。

そんなレストに、ヴィオラが自分の分のケーキの皿を差し出してくる。

「はい、私のケーキもあげるわ。召し上がれ」

「い、いや……それは流石《さすが》に……」

「私のも食べてください。どうぞ、遠慮なく」

ヴィオラに続いて、プリムラまで皿を渡してきた。そんなにケーキをがっついていると

ころが哀れに見えたというのだろうか。

「ほう……随分と愉《たの》しそうなことをしているじゃないか」

だが……そこで第三者の声が響いた。やけに低くて冷たい声音で話しかけてきたのは、

いつの間にか庭園にやってきていた中年男性である。

銀色の髪を丁寧に整えた、理知的な雰囲気の紳士だ。見るからに仕立ての良いスーツに

身を包んでおり、全身から『気品』のようなオーラを放っている。

「私も御一緒して構わないかな？」

「あ、貴方《あなた》は……？」

「ああ、申し遅れたね。私がこの屋敷の主人で、君の左右にいる娘達の父親……アルバート・ローズマリーだ」

アルバート・ローズマリー侯爵。

宮廷魔術師の長官をしている大貴族であり、近衛騎士団長と並ぶ王の盾。

いつも無駄に偉そうにしているレストの父親の上司で、絶対に頭が上がらない人物だ。

「娘と親しくしてくれて嬉しいよ……ああ、本当に親しそうだな」

「あ……」

レストの顔が青ざめる。

アルバートの声が冷ややかなのは、レストが左右に美人姉妹を侍《はべ》らせているからだろう。

娘達が男に親しげに寄り添っているのだ。父親として穏やかな気分のわけがない。

「レスト君といったか。会ったばかりだというのに、娘と随分と仲良くなったようだな」

「す、すみません！　失礼いたしました！」

レストは慌てて立ち上がり、頭を下げた。

何で謝罪しなくてはいけないのかわからないが……流れとして謝るしかなかった。

「ちょっと、お父様……レスト君を責めないで！」

「レスト様を虐《いじ》めちゃダメです……！」

「ウッ……い、いや、別に虐めているわけでは……」

しかし、そんなレストを姉妹が擁護する。

娘達から非難されたアルバートが明らかに怯《ひる》む。どうやら、宮廷魔術師の長《おさ》であり侯爵でもあるこの人物にとって、二人の娘は絶対の弱点であるらしい。

「あー……頭を上げてくれたまえ。今日、君を招いたのは娘を助けてくれた礼を言うためだ。娘が危ういところを助けてもらって本当に感謝する」

「い、いえいえ！　むしろ、兄のせいで申し訳ございません！」

「謝ってもらうことじゃない。森での一件については、どう考えても君に非はない」

アルバートが空いていた椅子に座ると、メイドがすぐさま主人に紅茶を淹れた。

「エベルン名誉子爵から、来年には同じ学園を受験することになるから子供同士を会わせたいと頼まれてね。セドリック・エベルンがなかなか魔法の才能があるとは聞いていたから時間を作ったのだが……まさか、護衛も無しに森に連れ出されるとは思わなかった。エベルンは宮廷魔術師として優秀なのだが、どうにも息子のことになると目が曇るようだな。おかげで大切な愛娘《まなむすめ》を失うところだった」

「…………」

「ささやかではあるが、こちらは謝礼だ。とっておいて欲しい」

アルバートが手を上げると、眼鏡をかけた老年の執事が進み出てくる。

執事がテーブルに置いたのは、ずっしりと詰まった布の包みだった。

「これは……」

「大金貨が五十枚ほど入っている。娘の命と比べると安過ぎる金額だがね」

「大金貨、しかも五十枚って……」

レストは思わず、ゴクリと唾を呑《の》む。

大金貨一枚当たりの価値は日本円で百万円ほど。つまり、この袋の中には五千万円相当の金が入っていることになる。

「……受け取れませんよ、こんな大金は」

思わず手が出そうになるのを抑えて、レストは大金の入った袋を遠ざける。

「娘さん達を助けたのは、あくまでも愚かな兄の尻拭いをしただけです。謝礼が欲しくてしたことではありません。コレを受け取る資格は自分にはありません」

正直、金は欲しい。来年から成人して自立することを思えば、いくらあっても足りない。

だが……それでも大金貨五十枚は多い。この世界には銀行というものがないのだ。こんな大金持ち歩くことはできないし、馬小屋に置いておけるわけがなかった。

「フム……欲がないな。けれど、私としても受け取ってもらわねば困るんだよ」

アルバートがテーブルの上の袋を掌《てのひら》で撫《な》でながら、口元に浮かんだ笑みを深くする。

「娘の恩人に報いることができなかったとなれば、侯爵家の名が落ちてしまう。金が要らないのであれば、他に叶《かな》えられることはないかな？　こちらの顔を立てると思って、遠慮なく言ってくれたまえ」

「そうですね……」

メンツのことを出されると、首を横には振れない。手頃な頼み事はないか頭をひねるレストだったが……ちょうど良く、やって欲しいことがあった。

「その……それでは、一つお願いしたいことがあるんですが……」

レストは一拍置いてから、かねてから欲しかった物について口に出す。

「王立魔法学園の推薦状を書いていただけませんか？　来年、平民枠で受験したいと思っているんです」

「フム？　もちろん、推薦状を書くのは構わないが……平民枠かね？」

「ええ、父は自分のことを嫌っていまして。エベルン名誉子爵家の人間として認められていないので、貴族枠で試験は受けられないんです」

「フム……訳ありということか。事情を聞いても構わないかな？」

「はい……」

レストは自分の立場について、かいつまんで説明をした。

「メイドが産んだ庶子を迫害か……なるほど、あの男らしい話だな」

事情を聞いたアルバートが眉を顰《ひそ》めて、苛立たしげにテーブルを指で叩《たた》く。

「エベルンは領地を持っていない役職だけのにわか貴族だ。奴《やつ》はそのことにコンプレックスを持っているらしく、やたらと権威や地位に拘《こだわ》っている。息子を我が娘達と結ばせようとしたのも、そのためだろう」

アルバートが忌々しそうに言って、レストに向き直った。

「事情はわかった。王立学園の推薦状のことだが……」

「『書いてあげて（ください）っ！』」

「……娘達もこう言っていることだし、書かせてもらおう」

アルバートが微妙な顔をしながら、推薦状を書くことを了承してくれた。

「ありがとうございます……助かります！」

これで学園入学の最低条件は整った。

入学試験に合格する必要はあるが、スタートラインに立つことはできたようだ。

「ただし……推薦状を書くよりも先に、君の力を試させてもらいたい」

「え？」

「試すって……お父様、何を言ってるのよ！」

「そうですよ！　私達の恩人なんですよね!?」

「もちろん、御礼はしたい。だが……推薦状を書くということは、我がローズマリー侯爵家が彼の後ろ盾になるということだ」

先ほどまで娘に叱られてたじろいでいたアルバートであったが、ここは譲ることなくはっきりとした口調で断言する。

「相応の実力を持たない者を推薦したら、当家の権威に傷がついてしまう。私には宮廷魔術師長官としての立場もある。実力を確かめずに推薦をすることはできないのだ」

「……わかりました。何をすれば良いんですか？」

レストはその提案を受け入れた。

アルバートの言い分には筋が通っている。拒否する理由はなかった。

「簡単なことだ……この男と戦ってもらいたい」

アルバートが軽く手を叩くと、先ほどの執事が進み出てくる。

「ここにいるのは私の腹心の部下で、魔術師としても優秀な男だ。君にはこれから、彼と戦ってもらいたい」

「戦う……ですか？」

「もちろん、殺し合いなどではなく模擬戦だよ。無理に勝つ必要はない。当家が推薦するに足るだけの力があると見せてくれれば十分だ」

「わかりました……やらせてください！」

それで推薦状をもらって、栄光に至る一歩が踏み出せるのであれば安いものだ。

宮廷魔術師筆頭であるローズマリー侯爵の執事。実力も相当なものだろうし、対人戦闘の良い経験にもなるだろう。

（俺は魔物以外と戦ったことはないからな……人間相手の戦闘経験を積めるのなら、望むところだ！）

レストはむしろ喜んで、侯爵の提案を受け入れたのだった。

◇　◇　◇

庭園から移動して、侯爵家の敷地内にある鍛錬場へ。

普段から警備の兵士や魔術師が訓練しているというその場所で、レストと執事が向かい合って立っている。

少し離れた場所には、ローズマリー侯爵家の父娘《おやこ》が二人を見守っていた。

「お父様！　どういうことですか⁉」

「酷いです、お父様……！」

ヴィオラとプリムラが父親を問い詰める。

自分達の恩人である少年に無理難題を課したことに、酷《ひど》く腹を立てているようだった。

「どうしてレスト君に意地悪をするのよ！　返答次第では許さないわよ！」

「許しません……たとえ、お父様でも……！」

「お、落ち着け。二人とも！」

愛する娘二人に詰め寄られて、娘に信頼されている父親だと自認するアルバートは改めて説明する。

「ちゃんと理由は説明しただろう⁉　侯爵家の当主として、どうしても彼の力量を見定めなければならないのだ！」

かつてない怒りの形相になっている娘達に、アルバートが必死に弁明する。

アルバートとしても、別に意地悪で模擬戦をさせているわけではない。

そもそも、王立学園は王族、貴族、騎士、官僚などの国家の運営に携わるような人材を育成するための機関である。

学園創設時には平民は入学することができなかったのだが、後に門戸が広げられて、有力者の推薦があるのであれば平民も入れるようになった。

貴族の推薦を受けた場合、その人間は推薦した貴族の『家』の人間であると周囲にはみなされる。実際、アルバートも学生時代には同年齢の家臣に推薦状を渡して、付き人として入学させていた。

「情の問題ではないのだ。彼が当家の推薦を受けるのであれば、それに相応《ふさわ》しい力を持っているところを見せてもらわなければならない。これは絶対条件だ！」

決して、公私混同しているわけではない。娘二人がレストのことをやたらと気に入っているため、嫉妬から嫌がらせをしているわけでは断じてないのだ。

「でも……！」

「ですが……！」

「別に勝たなければ推薦状を書かないなどとは言っていないだろう⁉ 彼が確実に学園に入学できるという保証が欲しいだけなのだ！ ローズマリー侯爵家が推薦した者が試験に落ちたとなれば、我が家の権威が損なわれてしまう！」

不満げな娘達に、アルバートが強い口調で言い募る。

「そもそも、あの執事は我が家の臣下でも指折りの使い手。元・宮廷魔術師でありながら、引退して我が家に仕えてくれている男だ。いくらそれなりに魔法が使えると言っても、子供に勝てるわけがない」

　負けるなと言っているわけではない。

　少しでも善戦してくれたら、アルバートは喜んでレストを推薦することだろう。

「彼がホワイトフェンリルを撃退できるほどの力があるというのであれば、心配はいらない。きっと相応の結果を……」

　言葉の途中で、ズドンと音が鳴った。

　驚いたアルバート、そしてローズマリー姉妹が視線を向けると……彼らが信頼している執事が地面を転がっていた。

「グ……ウ……」

「これは俺の勝ちということで構いませんか？」

「まだ……です……主人の前でみっともないところを見せられませんので」

「だったら、続けましょうか」

「ええ、参ります……！」

　執事が勢いよく飛びかかり、レストがそれを迎え撃つ。

　激化していく二人の戦いをローズマリー父娘が呆然《ぼうぜん》と見つめる。

「馬鹿な……ディーブルが苦戦するなんて、あの少年は何者だ⁉」

「やっぱり、強い……！」

「レスト様、すごいです……！」

ローズマリー父娘は唖然《あぜん》として、激しい戦いを繰り広げる二人に見入っていた。

レストが地面を蹴った。【身体強化《フィジカルアップ》】の魔法によってパワーとスピードを底上げしながら、前後左右に飛びまわって相手を翻弄する。

十歳の頃に名誉子爵家に引き取られてから、何度となく森に入って魔物と戦ってきた。【身体強化】はもっとも使用してきた魔法の一つ。レストにとって、得意技と言っても過言ではないような魔法である。

（この人……強いな……！）

ローズマリー侯爵家の執事と戦いながら、レストは内心で舌を巻いていた。

戦いが始まってから、まだ三分と経《た》っていない。

初撃を叩き込んで吹き飛ばすことに成功したが……それはあくまでも相手が油断していたから成立した、ラッキーパンチのようなものだったと思っている。

事実、同じように攻撃を撃っても当たらない。相手も本腰を入れたようだ。

「素晴らしい身体強化……まさか、二十にもなっていない若者がこれほどの精度で魔法を使えるとは……！」

レストの拳をガードしながら、執事が称賛の言葉を贈ってくる。

少なくとも六十歳を過ぎているであろう年齢の執事であったが、その動きは鋭く、素早い。十四歳のレストと同等以上の速度で動いていた。

「驚くのはこっちですよ……こう見えても、スピードには自信があったんですけどね」

レストが蹴撃を放つ。頭部へのハイキックを、執事は姿勢を低くして回避する。

「私にも老兵の意地があります。レスト殿はかなり魔力量が大きく、日常的に【身体強化】を使用しているようですな。されど……対人戦闘の経験は乏しいのではないですか？」

「……どうして、わかるんですか？」

「虚実を混ぜることのない大振りで正直な攻撃。正規の武術を習っておらず、魔物とだけ戦ってきた証拠ですな」

「………………」

痛いところを突いてくる。二人の戦いはレストの方が攻めているように見えるが、卓越した技量によって執事が攻撃をいなしていた。

（やっぱり、格闘技はしっかり習った方が良いみたいだな。セドリックの奴は特に練習していないみたいだけど……）

執事が鋭い手刀を放つ。思わず顔を庇《かば》ったところ、ローキックで左脛《さけい》を打たれた。

「痛っ……！」

弁慶の泣き所を痛打されて、レストは思わず呻《うめ》き声《ごえ》を漏らした。

「フェイント……そうか、こういうことか……！」

「おや？　大丈夫ですか？」

「も、問題ない……！」

足がふらつく。折れてはいないと思うが、打撲くらいはしていそうだ。

強化を解くことなく、同時に治癒魔法を発動させて足を治療する。

「おや、器用ですな。二つの魔法を並行して発動できるのですか？」

「で、できますとも……」

「若い魔術師にはできない方も多いのですよ。未熟な者ほど、強い魔法を使えることにこだわっており、魔法の精度や同時発動を軽んじる者が多いですからな。基礎をないがしろにする若者ばかりで嘆かわしいことです」

「だったら……こういうこともして良いですか？」

傷を治したレストが別の魔法を発動させる。レストの掌《てのひら》に球体の雷が出現した。雷の球は二つ、三つ……五つと数を増やしていった。

「【雷球《サンダーボール》】！」

「ほほう……雷の魔法、それも五つ同時に出せるのですね」

「喰《く》らえ！」

レストが雷の球を執事に向けて撃ち放つ。

執事は一発、二発とそれを回避するが……三発目以降は避《よ》けられない。あえて回避できないように位置とタイミングをずらして撃ったのだ。

「お見事！　悪くありませんよ！」

だが……執事が称賛の声を上げながら、避け切れない雷を手刀で叩《たた》き落とす。

間違いなく雷に触れたようだが感電した様子はない。よくよく見てみれば、執事は腕を茶色い土によってコーディングしていた。

「こうして身体《からだ》に魔法を纏《まと》わせるのも白兵戦では有効ですよ？」

「なるほど、そういう魔法の使い方もあるんですね。だったら……！」

レストは再び、雷で攻撃する。

その雷は先ほどのように防がれてしまうが、隙を突いて執事に飛びかかる。

「フンッ！」

「おおっ⁉」

執事が驚きの声を上げる。

レストは腕に剣のように尖らせた土を纏っていた。執事がやった魔法の真似事《まねごと》だ。

「これは失礼。【土装《アースウエア》】をすでに修得していたのですね」

「たった今、覚えたんですよっ！」

土で武装した腕をお互いにぶつけ合う。

ガチンガチンと、硬い物が衝突するような音が連続して響きわたった。

「グッ……！」

何度か打ち合っているうちに、執事の拳がレストの肩に命中した。

やはり殴り合いでは分が悪そうである。格闘術では大きく劣っていた。

「だったら……これはどうだ！」

レストの周囲に雷の球が出現する。それを放つと同時に、両手には土の装甲を纏って飛びかかった。もちろん、【身体強化】は発動したままである。

【身体強化】【雷球】【土装】……三重奏《トリオ》での魔法発動。

レストは三種類の魔法を並行して発動させており、それを維持していたのである。

「これは……！」

執事が土を纏った腕で雷を迎撃しながら、息を吐《つ》いた。

「三種の魔法の同時発動！　それができる人間は宮廷魔術師にだって何人もいない……！」

「軽々と防ぎながら、よくも言う！」

「これは……本気を出さなければ負けてしまいますな！」

レストが渾身《こんしん》の一撃を叩き込もうとした直前、執事の姿が消える。

「【超加速《ハイアクセラレータ》】！」

「グッ……!?」

直後、首の後ろを叩かれて脳が揺さぶられた。

鋭い一撃によって魔法が強制解除されて、意識が遠ざかる。

自分が何をされたのかもわからぬまま、レストは前のめりに倒れて気を失った。


「お見事です……」

倒れたレストを見下ろして、執事が称賛の言葉を口にする。

目にも留まらぬ速度の一撃。まるで瞬間移動のよう。ローズマリー侯爵家の執事……ディーブルという名の老人にとって、【超加速】は切り札ともいえる魔法だった。

その魔法を使わなければ、敗北していたかもしれない。レストは十四歳という若さでありながら、元・宮廷魔術師の彼に冷や汗をかかせるほどの実力を身に付けていた。

「レスト君！」

「レスト様！」

倒れたレストを見て、ローズマリー姉妹が悲痛な叫びを上げて駆け寄った。

身体を調べると……いくつか打撲はあるが、大きな傷はなさそうである。

「ちょっと、ディーブル！　やり過ぎでしょう⁉」

「そうですよ！　ここまでやることないじゃないですか！」

ヴィオラとプリムラがそろって執事を怒鳴りつける。

激しい怒りを向けられた執事は言い訳をすることなく、直角に腰を折って頭を下げた。

「……申し訳ございません、お嬢様方。手加減をする余裕がありませんでしたので」

「落ち着け、娘達。今のは模擬戦の中での出来事。ディーブルを責めるな」

アルバートが二人の娘を窘《たしな》める。

「そんなことよりも……彼の手当てをしてあげなさい」

「「ッ……！」」

姉妹が慌てた様子でレストの治療を始める。

執事が頭を上げて、庇ってくれた主人に目礼をした。

「構わん。それよりも……お前の目から見て、彼はどうだった？」

「……おそらく、旦那様と同じ意見かと存じます」

アルバートの問いに執事が恭《うやうや》しく答える。

「あの少年……レスト殿はローズマリー侯爵家が後ろ盾となるに相応《ふさわ》しい実力を備えているようです。この私が保証いたします」

「そうか、そうだな……」

それはアルバートも思っていた。

レストは魔術師として、年齢にそぐわぬ卓越した技量と魔力量を持っている。

まだ経験不足、知識不足な面はあるかもしれないが……いずれは宮廷魔術師の筆頭である自分すら超えるポテンシャルを感じさせた。

「あの少年はいずれ歴史に名を残すような大魔術師になるはずです……お嬢様のどちらかの伴侶にしてでも、当家に取り込む価値があるかと」

「………………」

執事が姉妹に聞こえないよう、小声でささやいてくる。

それもまた、アルバートが考えていたこと。考えてしまったことである。

ローズマリー侯爵家には二人の娘がいるだけで男子がいない。いずれは姉妹のどちらかが婿を取って、家を継ぐことになる。

魔術師の名家であるローズマリー侯爵家の婿となる人間は、優れた魔術師でなくてはいけない。それは絶対条件だ。

だからこそ、天才魔術師であると話題のセドリックとも交流の機会を持たせたのだ。

（この少年……レスト君ならば申し分はない。しかし……）

レストは強い。まだまだ粗削りな部分もあるが、これから経験を積んで学んでいけば魔術師として大成することだろう。家に取り込むべき人間だと断言できる。

けれど……そんな考えとは裏腹に、父親として納得しかねる部分があった。

「大丈夫よ、レスト君。すぐに治癒魔法をかけてあげるからね！」

「私達がついています。大丈夫です、レスト様……！」

ヴィオラとプリムラ。アルバートが愛する娘二人が倒れたレストにしっかりと寄り添って、献身的に看護をしている。

姉妹のどちらかどころか……二人ともレストに好意を抱いているのが丸わかりである。

（婿にするのは……まあ、良いだろう。だが、もしかすると二人とも取られてしまうのではないか……？）

ヴィオラとプリムラの性格は正反対なのだが、根っこの部分はアルバートの妻……ローズマリー侯爵夫人とそっくりである。

大切なところは絶対に譲らない頑固な性格。二人がレストを伴侶として定めたのならば、譲ることなくそれを押し通そうとするだろう。

(レスト君、君の才能は認める。娘を助けてくれたことには感謝もしているし、学園入学試験を受けるための推薦状も書こう。だが……！)

「……娘を二人もやるとは言ってないぞ……！」

まるで愛する恋人に寄り添うかのような娘二人の姿に、ローズマリー侯爵は血の涙を流さんばかりに叫ぶのであった。

◇　◇　◇

『優しい子になってね』

それは母親との別れが訪れる、ほんの少しだけ前のこと。

母親はベッドに横になりながら、レストの手を握りしめてか細い声で言った。

『強い子になってね。たくましい子になってね。友達がたくさんいる子になってね。幸せな子になってね』

『母さん……』

『貴方《あなた》が大人になるところを最後まで見守ってあげられなくて、ごめんね。私をお母さんにしてくれてありがとう。生まれてきてくれてありがとう……』

お礼を言いたいのは自分の方だとレストは思った。

前世でのレストは両親からの愛情を受けることなく生まれ育ち、父親であるはずの男によって刺し殺されて人生を終えた。そんなレストにとって、母親からの愛情を一身に受けて生きてきた十年間は宝石のように輝かしい日々だった。

望まずに得た子供であるというのに、あの冷酷で無責任な男の子供であるというのに、自分を愛してくれた母親には感謝しかない。

産んでくれて、ありがとう。

愛してくれて、ありがとう。

そんなふうに告げると……母親は幸せそうな笑顔を浮かべ、至福の表情で息絶えた。

『レスト君、世界を憎んではいけないよ』

母親を亡くしたレストに、顔なじみの司祭が言った。

『これから、きっと君には多くの試練が訪れる。だけど……それは君を不幸にするためのものではない。女神は超えられる試練しか人に与えることはないのだから』

『……………』

『強く、真っすぐに生きなさい。憎しみや恨みに囚《とら》われるのではない。誰かを助けて、笑って生きていきなさい。そうすれば……必ず、君の周りには大勢が集まってくる。寂しさなんてすぐに忘れてしまうからね』

司祭の言葉は、少なくとも半分は正しかった。

それからすぐにレストは父親に引き取られることになり、多くの試練が訪れることになる。馬小屋で眠り、残飯を食べさせられて……平民として暮らしていた頃よりもずっと過酷な日々が待っていた。

正直、父親や義母、セドリックを憎悪することなく生きてこられたのが奇跡のようだ。

どこかで間違えていたのであれば、レストはきっと復讐《ふくしゅう》の鬼になってしまっていたことだろう。

自分の理不尽な人生はお前達のせいだと、彼らに報復の刃《やいば》を向けていたに違いない。

（だけど……そうはならなかった）

すんでのところで踏みとどまっている。

父親を見返してやりたい、義母を出し抜いてやりたい、セドリックを遥《はる》かに超えていきたいという願望はあれど、殺してやりたいとまでは思っていない。

たぶん、それをしてしまったら母親や司祭様が悲しむから。

こんな自分を大切に思ってくれた人を悲しませないために、彼らが自分を愛してくれたことが間違っていなかったと胸を張って言えるようになるために。

レストは真っすぐに、自分の人生を切り拓《ひら》いていくことを決めたのだ。


「………あ？」

「目を覚ましたのね、レスト君！」

「レスト様、痛いところはありませんか？」

懐かしい夢を見ていた気がする。

レストが目を覚ますと見知らぬ天井があり、両手を少女達に握られていた。

「えっと……俺はいったい……？」

心配そうにレストの顔を覗《のぞ》き込んでいるのは、ローズマリー侯爵家の姉妹である。

名前を呼ぶと、ヴィオラとプリムラは目尻に涙まで浮かべて微笑《ほほえ》んだ。

「ごめんなさい、レスト君……ウチの執事がやり過ぎちゃったみたいで……」

「お礼を言うために家に招いたというのに、こんなことになってしまうだなんて……本当にごめんなさい……」

「……いや、良いよ。俺も勉強になったから」

二人の手を放して、身体《からだ》を起こす。

痛いところはない。怪我《けが》らしい怪我もない。おそらく、眠っている間に二人が治癒魔法をかけてくれたのだろう。

「お父様とディーブルにはキッチリ言っておくからね！　二人とも許さないんだから！」

「……許しません」

烈火の如く燃える鬼のような怒りの顔をするヴィオラと、極寒の地に住む魔女のように底冷えのする顔をするプリムラ。

よく似た顔の双子が浮かべた憤怒の表情に、レストはブルリと身を震わせた。

「い、いやいや……本当に大丈夫だよ？　全然、少しも痛いところはないし……勉強になったっていうのも本当だからね？」

実際、ローズマリー侯爵家の執事との戦いは未熟さを学ぶところが多かった。

対人戦闘経験の不足。格闘の技量が足りていない部分などは今後の改善点だ。

「だけど……負けちゃったか。これじゃあ、推薦状がもらえないかな？」

「何を言っているのよ。そんなわけないじゃない！」

「え？」

「推薦状は絶対に書かせるわ。あの執事……ディーブルは元・宮廷魔術師なのよ。最初から勝てるわけがないもの」

ヴィオラが腰に手を当てて、断言する。

どうりで強いと思ったら、やはりベテランの魔術師だったようだ。

「レスト様は絶対に合格です……！」

姉の言葉に、プリムラも穏やかな笑みを浮かべて言葉を重ねる。

「お父様は推薦状を書くと約束してくれました。来年からは私達と同級生になりますよ」

「もちろん、お互いが試験に合格すればの話だけどね！」

プリムラがレストを安心させるように微笑んできて、ヴィオラも嬉《うれ》しそうに胸を張った。

「そうか……ありがとう。君達のおかげで道が開けたよ」

「私達は命を助けられたんだから当然よ。それと……魔法の実技試験は間違いなく合格だろうけど、筆記試験の勉強はしているのかしら？」

「あー……してないかな……」

「だったら、私達の参考書を貸してあげるわ」

「えーと……良いのかな？　そこまで面倒をかけちゃって」

「良いに決まってるわ。ねえ、プリムラ」

「そうですよ。いっそのこと、レスト様にこの家で暮らしてもらったらどうでしょう？　それなら、勉強でわからないところを教えて差し上げることもできますよ？」

「良いわね、それ！　グッドアイデアよ！」

　プリムラの提案にヴィオラがパチリと指を鳴らす。

　話がとんでもない方向に進んでいる気がする。レストが慌てて声を上げた。

「いやいやいやっ！　いくら何でも、そこまで世話にはなれないよ！　年頃の女の子がいる家に、そんな……！」

「あら、どうして？」

「どうしてって……」

「お父様もいるし、今は留守にしているけど、お母様もじきに帰ってくるわ。執事やメイドも住み込みで暮らしていることだし……そんなことを気にする必要ないわよ！」

「そうですよ、レスト様が一緒の方が絶対に楽しいです。手間をかけて、参考書をエベルン名誉子爵家まで運ぶなんてナンセンスですよ」

　ヴィオラとプリムラが強い口調で言ってきて、レストの逃げ道を塞いでくる。

「レスト君は庶子であまり良い扱いをされていないんでしょう？　だったら、エベルン名誉子爵も拒みはしないと思うわよ」

「レスト様に会うためにあの家に行くのも嫌です。いやらしい人がいますから」

「そうね、アレとまた会うだなんて御免よ。寒気がするわ！」

いやらしい人というのはセドリックのことだろう。

まるで害虫扱いだ。すっかり、姉妹から嫌われてしまったようである。

「わ、わかった……侯爵様が良いと言ってくれたのなら、お邪魔させてもらうよ……」

最終的には、姉妹に押し切られる形でレストは二人の提案を了承した。

侯爵に説得を丸投げしたともいえる。

「決まりね！　それじゃあ、お父様に話を通さなくっちゃ！」

「お部屋の準備もしないとですね！　ああ、忙しくなりそうです！」

ヴィオラとプリムラが競い合うようにして、部屋から出ていった。

残されたレストはわずか一日で人生が大きく動いたのを感じて、部屋の扉を呆然《ぼうぜん》と見つめていたのである。

第四章　侯爵家での日々

レストがローズマリー侯爵家のタウンハウスを訪れて、執事と決闘をした翌日。

侯爵家の当主であるアルバート・ローズマリーがエベルン名誉子爵家を訪れた。

突然の訪問を受けて、ルーカス・エベルンは焦りながら応対をする。

「ろ、ローズマリー長官、よくぞ我が屋敷にお越しくださいました……！　本日はお日柄も良く、庭の花が見頃で……！」

「挨拶はいい。さっさと座りたまえ」

客間のソファに座ったアルバートが対面の椅子を指差した。

他人の屋敷だというのに、我が物顔な態度である。

「う、ぐ……」

しかし、それに抗議する権利はルーカスにはない。

アルバートは宮廷魔術師の長官。ルーカスの直属の上司である。息子がアルバートの娘達を危険にさらしたばかりであり、前触れのない訪問には額に汗が流れるばかりだった。

（ま、まさか、ローズマリー侯爵が直々に来られるとは……いったい何の用なのだ？）

ルーカスは膝が震えそうになるのを必死になって堪《こら》える。

アルバートは基本的に寛大で良い上司である。高位貴族の特権を振りかざして横暴に振る舞うことはないし、部下の相談にも乗ってくれる。よほどのミスでない限り、厳しく叱りつけてくることもなかった。

そして……アルバートが身内に甘く、妻や娘を溺愛していることも有名である。

セドリックを使って姉妹を籠絡しようとしたのも、アルバートのそんな部分を利用して後ろ盾になってもらおうとしたからだ。

(もしも姉妹のどちらかをセドリックが落とすことができていれば、我が家はローズマリー侯爵家の親類になっていた。身内に甘い侯爵の庇護《ひご》を受けることができたのに……！)

そうなれば、宮廷魔術師として出世も思いのままだったはず。

「今日、私が来たのは子息のことについてだ」

「せ、セドリックのことですよね……先日は大変、申し訳ございませんでした！　まことに、まことに……どうかご容赦を……！」

ルーカスが床に土下座をして、謝罪した。

言い訳のできないようなことをしたのだ。もう謝るしかない。

「いや、そっちではない。もう一人の息子の方だ」

「も、もう一人……？」

「レスト君のことだ」

「ゴミ……じゃなくて、レストの方ですか？　もしかして、あの出来損ないが侯爵様に何かご無礼をしたのですか……!?」

「ゴミ？　出来損ない？　まさかとは思うが……君は自分の血を分けた子供をそんなふうに呼んでいるのか？」

「あ、いえ……！」

失言にルーカスが顔を青ざめさせた。

唇をワナワナと震わして、どうにか言い訳の言葉を紡ごうとする。

「……まあ、いい。今日は君の人間性を咎《とが》めるために来たのではないのだ」

アルバートが鼻を鳴らして、ソファに腰を落ち着けながら脚を組んだ。

「レスト君を我がローズマリー侯爵家で引き取らせてもらいたい」

「は……アレを、侯爵家に……？」

「ああ、執事見習いとして働いてもらうつもりだ。文句はないだろう？」

「も、もちろん構いませんが……アレは『魔力無し』ですよ？　侯爵様がどうして……？」

わけがわからない。ルーカスは困惑した。

魔法の天才であるセドリックを欲しいというのであればわかるのだが……『魔力無し』で馬の世話くらいしか取り柄の無い、出来損ないを欲しがる理由がわからなかった。

「魔力無し……？」

アルバートがわずかに呆気《あっけ》に取られた顔をするが、すぐに元の硬い表情に戻る。

「……それを説明する義務が私にあるのかね？」

「い、いえいえいえいえっ！　アレで良ければ、喜んで差し上げます！　どうぞ好きなようにお使いになってください！」

「そうか……素直に納得してくれて嬉しいよ。用事はこれで終わりだ」

アルバートが立ち上がり、すぐさま控えていた執事が応接間の扉を開いた。

「あ、あの……長官……？」

「彼と引き換えに、君の自慢の息子が仕出かした失態は忘れよう。それでは失礼する」

「は……はひっ！　ありがとうございます！」

ルーカスが再び床に頭を擦《こす》りつけて、土下座をする。

アルバートが部屋から出て行く気配がして、足音が廊下を遠ざかっていく。

「た、助かった……？」

恐る恐る、頭を上げる。もうアルバートの姿はない。屋敷から去っていった。

「理由はわからないが……あの出来損ないが初めて役に立ったな。アレのどこを侯爵様が気に入られたのかは不明だが……」

まさか……ローズマリー姉妹のどちらかがレストに一目惚《ひとめぼ》れでもしたのだろうか？

そんな考えがルーカスの頭に浮かぶが、「あり得ないな」と一笑に付した。

(優秀極まりないセドリックならばまだしも……アレが高貴な娘の目に留まるとは思えない。おそらく、何かの気まぐれだろう)

目に見える才能でしか判断しないルーカスは、あくまでもレストを認めない。

(今回は失態を犯してしまったが……なあに、まだチャンスはあるさ。来年には一緒の学園に通うことになるのだからな！)

致命的になりかねない失敗をしたというのに、ルーカスはまだローズマリー姉妹を手に入れることを諦めていなかった。

傲慢で視野の狭い父親は思う……今回はたまたま運が悪かったが、セドリックのことをよく知ってもらえたら、必ず侯爵家の娘も彼を気に入るはずだと。

何故《なぜ》なら、セドリックは天才だから。

出来損ないで平民の子供とは違う……自分のたった一人の子供なのだから。

「学園に入学したら、しっかりと侯爵家の娘を口説くように伝えねばな……時間をかけて、じっくりと……」

愚者というのは、失敗から学ばないから愚者なのだ。

ルーカスは愚かな思惑を巡らせながら、ニヤリと笑った。

ローズマリー侯爵家とエベルン名誉子爵家の話し合いが終わり、レストの身柄を侯爵家が引き受けることが決まった。

帰りの道中、侯爵家の馬車の中でアルバートが溜息《ためいき》を吐《つ》く。

「何というか……酷い有様だな。あの男は」

「はい。とても見苦しゅうございました」

主人の言葉に、対面の座席に腰かけた執事が答える。

先ほどの話し合いでルーカスが見せた醜態は、二人を呆《あき》れさせるには十分なものだ。

「奴《やつ》が貴族の地位にこだわり、平民を蔑視しているのは知っていた。魔法の才能へのこだわりが人一倍強いことも。だが……実の息子にあそこまで酷《ひど》く接していたとは思わなかった」

話し合い中、ルーカスはずっと実子であるはずのレストのことを『アレ』、『出来損ない』、『ゴミ』などと呼んでいた。

家族を心から愛しているアルバートとしては、不快極まりないことである。

「そのくせ、才能はあっても傲慢な息子には甘いのだから呆れさせる。正直、奴には宮廷魔術師を辞めさせたいくらいだよ」

「辞めさせてしまえば、よろしいではありませんか。その口実はあるでしょう？」

嫡男が侯爵家の姉妹を連れ出して、危険な目に遭わせたのだ。

父親に責任を取らせたとしても誰も非難はしないだろう。

「まあ……おいおいだな。一応、あんな男でも仕事をいくつか任せている。後任が決まるまでは今の地位に置いてやるさ」

宮廷魔術師にはいくつかの仕事がある。王家の盾となって王宮を守ること、魔法や魔法薬の研究、強力な魔物の退治など、仕事の内容は様々である。

ルーカスも重要な仕事を任されており、危険なマジックアイテムの管理をしていた。

「一応、あの男も魔術師としては有能なのだ……それ以外は見るに堪えないがな」

「だからこそ、レスト殿も魔法の才能について隠していたのでしょうね」

ディーブルが同情した様子で目を細める。

ルーカスはレストを『魔力無し』などと呼んでいた。それが誤りであることをアルバートもディーブルも知っていた。

察するに……父親が信用できず、魔法の才能を隠しているのだろう。

「お嬢様方の要望通り、レスト殿を引き取ることはできましたが……これから、どうされるおつもりですか？」

「………」

ディーブルの問いに、アルバートは苦々しい顔で沈黙する。

アルバートだって気がついている……娘達がレストに好意を抱いていることに。

「レスト殿をお嬢様の婚約者にすることは賛成です。彼は間違いなく、偉大な魔術師になる。その血を取り込むことは、ローズマリー侯爵家にとって益となるでしょう」

「……わかっている」

娘を溺愛しているアルバートであったが……やはり、貴族である。

ローズマリー侯爵家にとって利益となるのであれば、レストに娘を差し出すことも辞さない。娘達が望んでいるのであれば、なおさらのことである。

「問題は……ヴィオラ様とプリムラ様、どちらをレスト殿と婚約させるかですな」

「ウ、グ……」

「どちらを選んだとしても、角が立つことは間違いないでしょうな……」

「………」

ディーブルの指摘に、アルバートが苦虫を口に詰めて殴られたような顔になる。

ヴィオラもプリムラもレストを好いている。だが……レストは一人しかいない。

どちらがレストと結ばれたとしても、禍根が残ってしまうことになる。

「娘の婚約について決定権を持っているのは、当主である旦那様です。つまり……」

「言うな！　頼むから、言わないでくれ……！」

アルバートが頭を抱えた。

姉妹の一方を選択すれば、もう一方から確実に恨まれてしまう。

娘を溺愛しているアルバートにとって、身を裂かれるように耐え難いことだった。

（ヴィオラは燃え盛る炎のように怒る。プリムラは極寒の氷のように怒る……どちらも嫌だ。絶対に嫌だ……！）

昨晩、ディーブルと二人で姉妹から説教をされた時のことを思い出して、アルバートは心の底から恐怖した。レストをローズマリー侯爵家が迎え入れることと引き換えに許してもらえたが……結婚相手の件は、最悪、一生引きずることになるだろう。

「ウウム、ぐう、ぬううう……」

「いっそのこと、二人ともレスト殿に娶っていただきますか？」

懊悩《おうのう》する主人に、ディーブルが冗談とも本気ともつかない口調で言う。

「貴族ならば重婚も認められていますし、お二人も意外と喜ぶかもしれませんよ？」

「いや！　いやいやいやいやいや！」

執事の提案をアルバートが首をブンブンと振って拒絶した。

「レスト君が好青年であり、魔法の才能があることはわかっている！　だが……娘を二人もやるのは入れ込み過ぎだ。断じてあり得ない！」

「ですが……どちらかを選べば、もう片方のお嬢様からは確実に恨まれますよ？　旦那様はそれに耐えられるのですかな？」

「うぐお……」

「物は考えようです。レスト殿を婿として迎えて、お嬢様を二人とも嫁がせてしまえば、どちらも嫁に出すことなく家に置いておくことができるのでは？」

「それ、は……そうかもしれないが……だが、ぬううう……」

走る馬車の中、アルバートが頭を抱えて項垂《うなだ》れる。

ヴィオラか、それともプリムラか。あるいはディーブルの案を採用するか。

屋敷に到着するまで、アルバートはひたすら苦渋の唸《うな》り声《ごえ》を漏らすのであった。

◇　◇　◇

レストがローズマリー侯爵家に引き取られて、数日が経過した。

「まさか、俺がローズマリー侯爵家に引き取られるなんてね……人生っていうのは、何が起こるかわからないものだ……」

箒《ほうき》で庭を掃除しながら、レストがしみじみと言う。

森でローズマリー姉妹の命を救い、その御礼にと屋敷に招かれて、何故《なぜ》か元・宮廷魔術師である執事のディーブルと決闘をすることになり。

そんな紆余《うよ》曲折《きよくせつ》を経て、レストはローズマリー侯爵家に執事見習いとして引き取られることになった。

まだここで暮らし始めたばかりだが……生活は思いのほかに快適である。

まず、三食まともな食事が出る。当然ながら、床で犬食いさせられることもない。

執事見習いとして掃除などの仕事を任されているが……それは実家にいた頃と変わらなかった。ちゃんと給金も出ているだけ何百倍もマシである。

そして、仕事の合間を縫って試験勉強もさせてくれる。必要な教材を与えられて、王立学園の入学試験のために日夜学習を進めていた。

「レスト殿、掃除は終わりましたかな？」

「ディーブルさん、ちょうど終わったところです」

庭の掃除をしていたレストのところに、かつて決闘をした執事が現れた。

「それは宜《よろ》しいことです……でしたら、今日も始めますかな？」

「喜んで……！」

レストは手早く掃除道具を片付けてから、ディーブルと真っ向から相対する。

ローズマリー侯爵家に引き取られて以来、レストは毎日のようにディーブルと戦闘訓練を行っていた。嫌々、やらされているわけではなく、レストからお願いしたことである。

先日の決闘により、レストは対人戦闘経験がまるで不足していることを思い知った。

魔術師の敵は魔物だけではない。時には犯罪者や敵国の兵士と戦うこともある。

魔法で身を立てることを考えるのであれば、対人戦闘技術は必要不可欠だった。

（元・宮廷魔術師の師匠がいるなんて最高じゃないか。教えを請わない理由がないな）

「さて……この数日、君には基礎訓練としていくつかの魔法を修得してもらいました。いずれも対人戦闘において役に立つ魔法です」

「はい、もう覚えました。問題ありません」

「正直なところ……魔法を覚えてもらうだけで一ヵ月以上はかかると思っていましたよ。一週間とかからず、教えた魔法を全て修得してしまうとは思いませんでした」

ディーブルが感心半分、呆れ半分といった表情になる。

「嬉《うれ》しい誤算ではありますが……今日から、本格的な訓練に入らせてもらいます。まずはあちらをご覧ください」

「はい？」

ディーブルが明後日《あさって》の方向を指差した。

レストが釣られてそちらに視線を向けると……次の瞬間、腹部を衝撃が襲う。

「カハッ……!?」

「失礼。見ていただきたいのは足の方でした」

ディーブルの踵《かかと》がレストの腹部を強打して、思わずその場に膝をつく。

「ゲホゲホ」と激しく咳《せ》き込んで、胃の内容物を吐き出してしまった。

「なに、を……」

「対人戦闘の基本は『油断大敵』。敵はどのような手段を使って襲ってくるかわかりません。相手の言葉に惑わされるなどもってのほかです」

「…………！」

「攪乱《こうらん》の魔法はもちろんですが、奇襲を仕掛けてくるかもしれない、武器を隠し持っているかもしれない、味方に化けて近づいてくるかもしれない、人質を取ってくるかもしれない。対人戦闘ではありとあらゆる場面を想定し、万が一に備えることが必要となります」

言いながら、ディーブルが手を差し伸べてきた。

レストはその手を摑《つか》もうとして……すんでのところでとめる。

「はい、それで正解です」

ディーブルが手の中に隠していた細い針を出した。

もしも手を摑んでいたら、あの針で刺されていたことだろう。

「これはタダの縫い針ですが……命を狙っている敵ならば、毒針を使ってくるでしょう」

「…………」

「油断をして危険にさらされるのが貴方《あなた》一人でしたら構いません。自分が死ぬだけですからな。しかし……貴方が死んだことで守ろうとしていた人間まで命を落とすことも、実際の戦闘では往々にしてあります」

「守ろうとしている、人間……？」

そんな人はいない……少なくとも、今のレストには。

母親は亡くなっており、家族や友人は誰もいないのだから。

「今はそれで構わないでしょう。けれど……いざ大切な人間ができた時、力が無くて泣くのは嫌でしょう？」

「！」

「ならば、死んだ気になって強くなりなさい。誰かを守るための戦いで敗北は許されません。ありとあらゆる手段を使い、泥に塗《まみ》れようとも、卑怯者《ひきょうもの》と罵られようとも……必ず勝利しなさい。正々堂々と戦ったから負けても仕方がないなんて、まっとうな騎士道精神を魔術師が持つ必要はありません。勝たなければ意味がないのです」

ディーブルの言葉は厳しく、残酷だ。

十四歳の子供を相手に語っているとは思えない。

（だけど……真理だな。何も間違ってはいない……）

「結構。それでは、これからの訓練ですが……」

「【土球《アースボール》】」

地面に座り込んだまま、ディーブルが背後を振り返ったタイミングで魔法を発動させる。

後頭部に向かって放たれた土の魔法であったが……ディーブルは首を横に傾けて不意打ちを回避した。

「よろしい。今のは花丸です」

ディーブルが拍手をしながら振り返った。

ロマンスグレーのヒゲを生やした顔にシワを深めて、レストの奇襲を称賛する。

「勝利のためならば犬にも畜生にもなる……それが魔術師の正しい在り方。貴方はとても素質がありますよ」

「……ありがとうございます」

褒められたレストがしかめっ面になる。

不意打ちを避《よ》けられてしまった。いくら褒められようとも、勝たなければ意味がない……それがディーブルの教えだというのに。

「フフッ……」

悔しそうに表情を歪めるレストに、ディーブルが笑みを深めた。

「改めまして……これから毎日、私と模擬戦をしてもらいます。何でもありの戦闘だけではなく、魔法無しでの肉弾戦、特定の魔法しか使うことができない限定的な戦闘、四肢や五感を制限した戦闘なども経験していただきます」

「………」

「生憎《あいにく》と私の格闘術は我流になりますので、型や武芸を教えることはできません。興味があるのでしたら、自分で勝手に学んでください」

「……戦いの中で技を盗め、そういうことですね」

レストは頷《うなず》いて、今度こそ立ち上がった。

対人戦闘訓練ということなので、てっきり空手や柔道のように組手や受け身の練習をさせられるものだとばかり思っていた。

予想していたものとはだいぶ違うが……ディーブルのやり方はより実戦的である。

（ディーブルさんに勝てるようになったら、俺は確実にもっと強くなっている……！）

現役の宮廷魔術師である父親にだって、真っ向から戦って勝利することができるだろう。

「では、始めましょう……どこからでも、かかってきなさい」

「はい、行きますよ……ディーブル先生！」

レストは呼称を改めて、師となってくれた男に飛びかかっていった。

◇　◇　◇

こうしてディーブルに師事をして魔法と戦闘技術を学ぶようになったレストであったが、いくら強くなっても、それだけで王立学園に入学はできない。

入学試験には筆記テストもある。並行して座学での勉強も進めていく必要があった。

「レスト君、わからないところはない？」

「レスト様、この問題はこうやって解くんですよ」

「…………」

仕事も訓練も終わった夜。執事見習いには過ぎたものと思われる広い自室にて。

レストはヴィオラとプリムラに挟まれながら、試験勉強をしていた。

机に着いたレストの右側にはヴィオラ、左側にはプリムラ。二人は必要以上に身体《からだ》を密着させてきて、レストの手元を覗《のぞ》き込んでいる。

屋敷の中ということもあって、二人は部屋着らしき服に身を包んでいた。

薄手のナイトドレス……あるいは、ネグリジェと呼んだ方が馴染《なじ》みはあるだろうか？

年頃の男の前に出るにはやや生地が薄いその服は、髪色に合わせているのか、ヴィオラは黄色でプリムラは白色だった。

(何だ……どうして、こんな扇情的な服で勉強を教えてくるんだ……？)

レストは必死になって勉強に意識を向けつつ、心の片隅で姉妹のことを気にしていた。

ここはローズマリー侯爵家の屋敷の中。姉妹がどんな服を着ようと勝手である。レストに口出しする権利はない。

だが……それでも、この服装はあまりにも目に毒だ。人によっては、誘われているのではないかと勘違いしかねない格好である。

(そういえば……上流階級の人間は下賤《げせん》な人間に肌を見られても何も感じないって、どこかのマンガに書いてあったよな。俺なんか、全然意識していないから平気ってことか？）

「……と、解けました」

「うんうん、正解よ。流石《さすが》はレスト君！　ご褒美をあげたいくらいよ！」

「レスト様はとても物覚えが良いです！　この調子なら、余裕で試験に間に合います！」

「うぐ……」

姉妹が華やいだ声で称賛しながら、ムギューと身体を寄せてくる。

フワリと香ってくる花の匂い。この世界にはシャンプーやボディーソープはないが、これは何の香りなのだろう。

両腕に当たっているのは、人肌の温《ぬく》もりと柔らかい感触。薄手の服のせいで、しっかりと膨らみの大きさがわかってしまう。

それが何の感触かわからぬほど、レストも子供ではない。自然と顔が赤くなり、舌も上《う》手《ま》く回らなくなってしまった。

「お、お嬢様……その、当たっていまして、えっと……」

レストが絞り出すように言った。

使用人になった以上、これまでのような気安い口調はできない。

丁寧な言葉遣いを意識したのだが……姉妹はそろって頰《ほお》を膨らませ、不満そうな顔をする。

「お嬢様じゃないわ。ヴィオラって呼んで！」

「プリムラですよ、レスト様！」

「うぐっ……！」

二人がさらに豊かな胸部を押しつけてきた。やわやわと形を変えている胸の感触は、前世を含めて母親のもの以外に味わった記憶はない。

（前世では高校生で死んだから、精神的には随分と年上のはずなんだけど……まさか、こんなに一方的に翻弄されるだなんて……！）

「レスト君？」

「レスト様？」

「く……ヴィオラ様、プリムラ様、次の問題を解くので、少し離れてください……！」

「『様』もいらないわよ。呼び捨てで良いわ」

「敬語もいりませんよ。早く慣れてくださいね」

姉妹が悪戯《いたずら》っぽく笑って、レストから離れてくれた。

幸福な感触が遠ざかり、安心したような残念なような気分である。

「それじゃあ、次はこの問題にいってみましょう」

「さっきの問題の応用です。レスト様ならば解けると信じています」

「……が、頑張ります」

（集中……そう、問題に集中だ！　もう二人のことは考えるな！）

レストは姉妹のことを意識しないように、全神経を机の上の教材に向けようとする。

（俺は機械だ。無心になって問題を解くだけの機械。それ以外は何も知らない。問題を解く、解く、解く……考えるな。感じろ！　二人のおっぱいの感触を……じゃないっ！）

頭の中でノリツッコミをしつつ、レストは問題を全て終わらせた。

「お、終わりました……！」

「はい、お疲れ様」

「答え合わせをしますね」

「は、はひ……どうぞ、よろしくおねがいしまひゅ……」

色々な意味で精神力を使い果たして、レストがガックリと放心状態になる。

姉妹はそんなレストを尻目に採点しているが……「ああっ！」と声を上げて嘆いた。

「プリムラ、ここに間違いがあるわ！」

「本当ですね、姉さん。しかも初歩的なミスじゃないですか！」

「えっ……!?」

レストが慌てて確認をすると、確かに問題の一つに誤答があった。

それほど難しい問題ではなかったはずなのに……間違えてしまった原因は、シンプルな注意不足である。

「残念ねえ……全問正解していたら、ご褒美をあげようと思っていたのに……」

「はい……とても残念です……」

二人が声をそろえて、わずかに沈んだ様子を見せる。

「ご、ご褒美ですか……？」

その内容が非常に気になる。ご褒美をもらえなかったことが残念なような、それでいてホッとしたような……何とも言えない不思議な気持ちである。

「申し訳ありません……せっかく、二人が教えてくれたのに。以後、このようなことがないように気をつけて……」

「それじゃあ姉さん、ご褒美の代わりに『お仕置き』をしてあげるのは如何《いかが》でしょう！」

「へ……？」

プリムラが名案だとばかりに両手を合わせて、そんなことを言っている。

「それがいいわ！　プリムラ、良いことを言うわね！」

「え？　ええっ⁉　ちょ……二人とも⁉」

「抵抗しちゃダメよ。動かないで、レスト君」

「そうですよ。これは簡単な問題を間違えたペナルティなんですからね」

二人が何とも愉快そうな顔で身体を寄せてくる。

再び、レストの腕に柔らかな膨らみが押しつけられた。

「ヒエッ……！」

「それじゃあ、お仕置き。行くわよ……！」

「レスト様、どうかお覚悟を……！」

「うひいっ⁉」

姉妹からのお仕置きに、レストが声を裏返らせて奇妙な悲鳴を上げる。

「はう……お、お嬢様、大胆過ぎです……」

ちなみに……部屋の隅では、姉妹のお付きのメイドが顔を真っ赤にして立っていた。

勉強するだけとはいえ、若い男女が同じ部屋は不味《まず》いだろうと同席しているメイドであったが……初心《うぶ》でお年頃の彼女では、姉妹の行動を抑止するには力不足なようだ。

妖艶な笑みを浮かべて、女性慣れしていないレストを揶揄《からか》っているローズマリー姉妹。

一見すると余裕に見える彼女達であったが……実際にはそれほどでもなかった。

（ああ……私ってば、なんてエッチなことをしているのかしら……！）

レストに勉強を教えながら胸を押しつけて、ヴィオラは内心で身悶《みもだ》えた。

許されるのであれば、恥ずかしさのあまり床を転がり回りたい気分だ。

双子の妹……プリムラに対抗して、必死になって羞恥心を押さえていただけである。

（うー……どうして、プリムラは平気なのよ。同い年の男の子とこんなに密着して、おまけにすごくいやらしい格好を……！）

ヴィオラが着ているのは黄色のネグリジェである。部屋着として使用しているものだが、年齢不相応に目立つ胸の谷間はしっかりと見えていた。

家族や同性相手ならばまだしも、間違っても同世代の男の前に出て良い格好ではない。

（こんなエッチな服を着るつもりじゃなかったのに、プリムラが着ていたせいよ……）

本当はこんなつもりじゃなかった。ちゃんとした服装で教えるはずだった。

しかし、プリムラがネグリジェを着ていたため、ヴィオラも着る羽目になったのだ。

「レスト様、この問題はこちらの参考書を読むとわかりやすいですよ？」

「えっと……これで良いですか？」

「素晴らしいです、流石はレスト様！」

レストが問題を解くと、プリムラが褒《ほ》め称《たた》えながら抱き着く。

ヴィオラもすぐさま対抗心を燃やして、反対側から身体をくっつけた。

「すごいわ、レスト君！　その調子ね！」

（そ、そもそも……プリムラはズルいのよ！　普段から大人しくて、私の後ろに隠れているのに……どうして、レスト君に対してはこんなに積極的なのよ！）

ヴィオラにとって、プリムラは可愛《かわい》い妹である。目に入れても痛くはない……命と引き換えにだってできる魂の半身。心臓にも等しい存在だった。

守るべき対象であったはずの妹だったのに……それが今や、一人の男性を巡って巨大なライバルとして立ちふさがっている。

（わ、私の知らないところで成長したっていうの？　それとも、レスト君が特別だから？　胸だって私よりも大きいし……このままだと、レスト君を取られちゃう！）

焦りを募らせ、ヴィオラはテンパりながらもレストの二の腕に乳房を押しつけた。

一方で、姉から対抗心を向けられているプリムラはというと……こちらはこちらで、必死な気持ちになっている。

（ごめんなさい、姉さん……プリムラは意地悪な子になってしまったみたいです）

レストに勉強を教えながら、プリムラ・ローズマリーは最愛の姉に心中で謝罪をした。

長い付き合いである。プリムラは姉のことだったら何だってわかる。

余裕綽々《よゆうしゃくしゃく》といったふうにレストに抱き着き、バストを押しつけているヴィオラ……その内心の混乱をプリムラは見抜いていた。

(姉さんも本気みたいですね……私に対抗してネグリジェを着るところまでは予想していましたけど、まさかここまでするなんて)

レストに抱き着き、スリスリと頬を寄せながら……プリムラは姉の本気を感じ取った。

(だけど……負けられません。私は姉さんのように美人じゃないし、魅力もない……だから、少しでもレスト様に意識してもらえるように頑張らないと！)

エッチなネグリジェを着たのはプリムラが先だった。自分の魅力に自信がないため、あえて大胆な服を選んだのである。

効果は抜群。レストは姉妹の格好に、押しつけられた胸にあからさまに反応していた。

(レスト様ってば、こんなに赤くなって可愛い……！)

首まで真っ赤にしているレストに、プリムラは小動物でも愛《め》でるような表情になる。

プリムラは昔から男性が苦手だった。名家の令嬢のため、貴族同士の集まりでは男性に声をかけられることが多かったが……彼らに恐怖以外の感情を抱いたことはない。

(それなのに……どうして、レスト様は平気なのでしょう……？)

けれど、不思議なことにレストに対して恐怖も不快感もない。

男から視線を向けられるのが不快だった胸も、レストに見られるのは平気だった。

羞恥心がないというわけではなかったが、自分の容姿が思いを寄せる男性に気に入ってもらえたことが、恥じらいを超える喜悦と優越感を与えてくる。

（姉さんよりも少しだけ大きな胸……これが役に立つ日が来るとは思いませんでした）

顔立ちが似通っている姉妹であったが……何故《なぜ》だか胸のサイズはプリムラが大きい。

そのことを恥に思うことはあれど、嬉《うれ》しいと思ったのはこれが初めてである。

（これから、この胸が武器になるかもしれません。姉さんに勝てるのは胸のサイズくらいでしょうから……）

「アウッ……！」

深い谷間で包み込むようにレストの腕に抱き着くと、ビクリと肩を震わせて反応する。

やっぱり、可愛い……プリムラは口元の笑みを深めた。

「ムッ……！」

ヴィオラがプリムラにライバル心を燃やして、レストに抱き着いた。

（流石《さすが》は姉さん、すぐに対抗してきましたか……だけど、私も負けませんっ！）

「レスト様、この問題はさっきの公式を使うんですよ？」

「わ、わかりました……」

プリムラは胸をさらに強く押しつけて、グイグイと攻め続けた。

姉妹で同じ人を好きになってしまうなんて、何という運命の悪戯《いたずら》だろうか。

美人姉妹の攻防に、レストは一方的に翻弄されてしまうのであった。

◇　◇　◇

レストがローズマリー侯爵家に引き取られて、美人姉妹とイチャイチャしている一方。

屋敷に入り込んできた少年により、頭を悩まされている人間もいた。

屋敷のダイニングにて、テーブルにポツンと座ってアルバートがつぶやいた。

「………娘がいない」

夕食の時間であり、アルバートの前には料理が並べられている。羊肉のソテーと魚のムニエル、サラダ、スープ……いずれも手間のかかった高級そうな料理である。

しかし、そんな美食に舌鼓を打っているはずのアルバートの表情は暗い。

本来、この場にいるはずだった娘達の姿がないからだ。

「お嬢様達はレスト殿と食事を摂《と》っています。勉強の合間に召しあがるそうですよ？」

「ぐぬう……」

横に控える執事のディーブルが口を開いた。アルバートが苦渋に満ちた表情になる。

最近、アルバートの愛する娘……ヴィオラとプリムラはレストにつきっきり。用事がない限り、傍《そば》を離れようとしない。

おかげで、アルバートは一人で食事を摂ることになった。溺愛する娘が他所《よそ》の男と親しくしているだけでも苦痛なのに、ないがしろな扱いがアルバートの心を苛《さいな》んでいる。

「……いっそのこと、レスト殿を食卓に招いては如何ですか？　彼がここにいれば、お嬢様達もダイニングで食事を摂るはずですが？」

「い、いや……それはできん！」

ディーブルの進言に、アルバートが強めの口調で拒絶した。

「いかに娘のお気に入りとはいえ、未来の婚約者候補とはいえ……今の彼は執事見習いでしかない！　主人と一緒に食卓を囲ませては他の使用人に示しがつかないだろう⁉」

「それは今さらであると思いますが……すでに使用人達は、レスト殿が特別であるとわかっていますよ？」

ディーブルがわずかに呆《あき》れた表情になった。

レストは表向きこそ執事見習いとして、侯爵家の屋敷に住み込んでいる。

けれど、レストが本当に使用人だと思っている者はいない。

ヴィオラとプリムラがやたらとレストの世話を焼き、『女』の顔で接しているからだ。

働いているメイドや執事の多くが、レストが姉妹の婿になるものと認識していた。

主人になるかもしれない少年に『様』付けで接して、媚《こ》びを売る者もいるほどだ。

「特別待遇を与えられているレスト殿を妬んでいる者もいましたが……魔法の訓練をしているところを見学させたら、すぐに静かになりましたよ」

「……彼の戦闘訓練は進んでいるのか？」

「順調過ぎるほどに」

主人の問いにディーブルが首肯する。

そして、いつになく強い口調でアルバートに主張した。

「戦闘技術やセンスに関しては平均よりもやや上というところですが……レスト殿は間違いなく、魔法の天才です。どんな手段を使ってでも……それこそ、お嬢様達を与えてでも、ローズマリー侯爵家に取り込まなければならぬ人材だと、強く推させていただきます！」

「そ、それほどなのか……？」

「それほどです……！」

ディーブルが深く深く頷《うなず》く。

訓練に付き合っていることで、レストの才能を誰より理解しているのはディーブルだ。

「一度見ただけで魔法を修得できるセンスと記憶力。いくら魔法を使っても尽きる様子のない底無しの魔力。すでに宮廷魔術師と同等の能力を持っています。今でこそ、私が魔術師として勝《まさ》っていますが……一年とかからずに超えていくことでしょう」

「そうか……それほどとはな……」

ディーブルは執事としての立場をわきまえた人物だ。ここまで強く自分の考えを主張してくるなど、滅多《めった》にないことである。

(それだけ、レストという少年が得難い人材ということか……あの模擬戦で見せた才覚は片鱗《へんりん》でしかなかったようだな)

考え込むアルバートに……ディーブルはなおも続けた。

「以前、私はお嬢様達を両方ともレスト殿に貰《もら》っていただくことを主張いたしました。それはお二人の意見を尊重してのことでしたが……今は違います。お二人をレスト殿に嫁がせ、御子《みこ》を産んでいただくことがローズマリー侯爵家の繁栄に繋《つな》がると愚考いたします」

「……お前がそこまで言うのであれば、娘達には男を見る目があったのだろうな」

「遅くとも、学園入学前にはお嬢様達とレスト殿を婚約させておいた方が良いでしょう。彼が学園に入学すれば、確実にその才能が多くの人間の知るところとなる。彼を家に取り込もうと争奪戦が始まるやもしれません」

王立学園は教育機関であると同時に、人材の発掘現場である。

王侯貴族が臣下をスカウトする場でもあり、淑女が結婚相手を探す場でもあった。

レストのような性格も良く才能にあふれた優良物件を見逃すほど、王侯貴族は甘い相手ではない。

「……わかった。お前がそこまで言うのであれば、二人との婚約を考えよう」

アルバートは観念して、肩を落とす。外堀どころか内堀まで埋められようとしている。

こうなってしまうと、もはや拒絶する理由が見つからなかった。

「ただし……ちゃんと王立学園に入学できればの話だ！　試験に落ちた場合、全て水の泡だからな！」

「旦那様、その可能性は限りなく低いかと」

「それに……妻がレスト君を認めるかどうかもわからない。アイリーシュもじきに帰ってくるだろうし、レスト君をどう扱うかわからんぞ？」

妻……アイリーシュ・ローズマリーの顔を思い浮かべ、アルバートは表情を曇らせた。

姉妹の母親であるアイリーシュはかなり特殊な性格の持ち主だ。

気に入った相手には甘いが、気に入らない相手は塵芥《じんかい》のようにぞんざいに扱う。

レストが美人姉妹を手に入れることができるかどうか……最終的には、アイリーシュに気に入られるかどうかにかかっていると言っても過言ではない。

「裏を返せば、奥様が認めてしまえば旦那様は何も言えませんね。妻に強く主張できないのが婿養子の辛《つら》いところです」

「………」

アルバート・ローズマリー。

彼もまたローズマリー侯爵家の婿養子であり、妻には頭が上がらないのである。

◇　◇　◇

その人物が屋敷に帰ってきたのは、レストがローズマリー侯爵家に引き取られて一ヵ月後のことである。

「アイリーシュ様……ですか？」

「はい。ローズマリー侯爵夫人にして、二人のお嬢様の母君である御方《おかた》が帰ってこられます。もうじき、こちらのタウンハウスに到着されることでしょう」

とある朝。執事のディーブルがレストの部屋にやってきて、そんなことを言ってきた。

「そういえば……奥方を目にしたことはありませんね。どこにいるんですか？」

「王妃様のお付きで隣国に行っていました。奥様は非常に優秀な魔術師であり、王妃様とは学生時代からの友人なのです」

ディーブルがレストの問いに答える。

話を聞いたところ……ローズマリー侯爵家の正統な後継者は夫人の方であり、侯爵であるアルバートは入り婿のようだ。

ローズマリー侯爵家は女系の家系らしく、女子が生まれる確率が圧倒的に高いそうだ。

そのため、代々、外から有能な人間を婿に取ってきたとのことである。

「ローズマリー侯爵家は魔術師の名門。魔法に長《た》けた人材を外から取り込むことによって、栄えてきました。容姿が良い女性が生まれやすいのも当家の特徴ですね」

「…………」

何故だろう。魔法に長けた人材という含みを込めた言い方が妙に気になってしまう。

「それはともかくとして……自分も挨拶した方が良いですよね、奥様に」

「もちろんです。奥様にはレスト殿のことは手紙で知らせていますが……とても気にされており、会いたがっていましたよ」

「そうですか……まあ、そうですよね」

年頃の娘が外から男を屋敷に連れ込んだのだ。母として、さぞや気になることだろう。

「わかりました。それでは御挨拶をさせていただきます。貴族の女性に対する礼儀作法はよくわかりませんけど……」

「奥様は寛大な方で礼儀作法に拘《こだわ》らないのでご安心を……おや、噂《うわさ》をすればですね」

ディーブルが部屋の窓に視線を向けた。

レストも外に目を向けると、屋敷の前に立派な馬車が到着する。

二頭の白馬に引かれており、車体の横にはローズマリー侯爵家の家紋が刻まれていた。

「奥様のお帰りです。迎えに出ましょうか」

「わかりました」

レストは姿見で服装に乱れがないか確認して、部屋を出る。

エントランスに行くと、ちょうど侯爵夫人が玄関から入ってきたところだった。

夫人は若緑色のドレスに身を包んでおり、ウェーブがかかった金色の髪を背中に伸ばしている。顔立ちは若々しく、ドレスの上からでもわかるような豊満なスタイルだった。

(あれが二人の娘の母親って……どう見ても、二十代にしか見えないぞ!?)

姉妹の母親……アイリーシュ・ローズマリーと姉妹は非常によく似た容姿をしており、親子というよりも年の離れた姉か親戚のお姉さんといった雰囲気だった。

「お母様、お帰りなさい！」

「外遊、お疲れさまでした。お母様」

先にエントランスに来ていたヴィオラとプリムラが母親を出迎える。

娘の姿を認めたアイリーシュが表情を輝かせて、二人に抱き着いた。

「ただいま、私の可愛《かわい》い娘達！　元気そうね、会いたかったわ！」

「お母様こそ元気そうで何よりだわ」

「帝国は如何《いかが》でしたか？　あちらはこの国よりも寒いとお聞きしましたけど……」

「ええ、もう雪が降っているんだからかなわないわね。まさか、この時期にコートを着ることになるとは思わなかったわ！」

親子が和やかに会話をする。似通った母娘に、夫のアルバートも近寄っていく。

「アイリーシュ、お帰り。君が無事に帰ってきてくれて良かったよ」

「ええ……手紙は読んだわ。なかなか面白いことになっているみたいね」

アイリーシュが夫に微笑《ほほえ》みかけてから、スウッと視線を滑らせる。

何かを探すような目つきが捉えたのは……少し離れた場所に立っているレストだった。

「ああ……彼がそうなのね」

「あ、お母様！　紹介させてください！　彼がレスト君です！」

「私と姉さんの命の恩人で、屋敷で暮らしてもらっています」

「まさか二人が男を連れ込むようになったなんてね。お年頃ということかしら？」

アイリーシュが背筋を伸ばして、レストに近づいてくる。

レストはやや緊張しながら頭を下げた。

「れ、レストです！　娘さん達にはお世話になっています！」

「ええ、よろしくね。こちらこそ娘が助けてもらったみたいでありがとう。礼を言うわ」

「は、はい……！」

アイリーシュの口調は穏やか、レストのことを歓迎してくれている空気があった。

（『娘にちょっかいをかけるなんて許さない』……とか言われたりはしないみたいだな）

安堵《あんど》するレストだが……直後、アイリーシュの言葉に愕然《がくぜん》とさせられることになった。

「それじゃあ、着替えてくるから先に外で待っていなさい」

「へ……？」

「タイマンで喧嘩《けんか》しましょう？　ボコボコにしてあげるから覚悟しておきなさい？」

「…………」

拳を握りしめて言い放つアイリーシュに、レストは思いきり顔を引きつらせた。

アイリーシュから喧嘩を挑まれたレストは、彼女が動きやすい服装に着替えている間に、先んじて屋外の鍛錬場に出る。

ディーブルと並んでアイリーシュがやってくるのを待ちながら……途方に暮れたように頭上に広がっている青空を見上げた。

「えっと……どうして、こんなことになっているんでしたっけ……？」

「……奥様が申し訳ございません」

鍛錬場に所在なく立ちながら、レストが心からの疑問を吐露した。

ディーブルが非常に申し訳なさそうな顔で謝罪する。

「奥様はその……何というのでしょう、直情的といいますか、真っすぐな気質といいますか……魔法と拳でしか語れないタイプの人間でして……」

「えっと……脳筋ということですか？」

「……………………はい」

身もフタもない評価に、ディーブルが懊悩《おうのう》した様子で肯定した。

ローズマリー侯爵夫人……アイリーシュ・ローズマリーは外見こそ美しい淑女、優しそうな若奥様といった風であったが、実際にはかなりの武闘派で通っているらしい。

腕っぷしもとんでもなく強く、王族の命を狙ってきた暗殺者の集団をたった一人で殴殺したこともあるそうだ。

「勘違いなさらないでください。奥様はレスト殿が嫌いとか追い出したいとかいうわけではなく、ただ拳で語り合いたいと思っているだけなのです。悪意や害意はないのです」

「悪意はともかく、害意はどうでしょう？　殴られたら怪我《けが》すると思うんですけど？」

「奥様は身体強化系統の魔法、治癒魔法の達人です。遠距離魔法は不得手なようですが、接近戦であれば旦那様よりも、もしかすると騎士団長殿よりも強いかもしれません」

「騎士団長って……あのカトレイア侯爵ですよね？　嘘《うそ》でしょう？」

騎士団長であるカトレイア侯爵はとても有名人で、レストが平民として暮らしていた頃にもたびたび噂を聞いていた。隣国との小競り合いや異民族との戦いで英雄的な働きをして、幾度となく国を救ってきた傑物である。

武の頂点に立つカトレイア侯爵、魔法の頂点に立つローズマリー侯爵……両者はこの国を支えている『両翼』と称されていた。

「あの……俺ってもしかして、これから殺されるんですか？」

「ご、ご安心ください。奥様も本気で戦いはしないはずです。あくまでもレスト殿の実力を試したいだけで……」

「待たせたわね」

凛《りん》とした女性の声が響きわたる。

声の方に視線を向けると、乗馬服のような服に着替えたアイリーシュの姿があった。身体《からだ》にピッタリと張り付くような上着とズボンに身を包んだことで、メリハリに富んだボディラインが浮き彫りになっている。

「「「…………」」」

アイリーシュの後ろにはローズマリー侯爵家の面々……ヴィオラとプリムラ、アルバートが暗い表情で続いている。

「れ、レスト君！　頑張ってね……こんなことになっちゃってごめんなさい！」

「そ、その……怪我しないでくださいね！　応援していますから！」

姉妹が駆け寄ってきて、レストに縋《すが》りついてきた。

二人は心配そうに……そして、とてつもなく申し訳なさそうな表情をしている。

「…………」

アルバートはレストと目が合うや、すぐに視線を逸《そ》らした。

妻が暴走している自覚はあるようで、こちらはこちらで後ろめたそうな顔をしている。

「その……お母様には酷《ひど》いことをしないでってお願いしてあるからね。お母様に悪気はないから、嫌いにならないであげて欲しいんだけど……」

「大丈夫です……大変なことにはなりましたけど、別に不快だとは思っていませんから」

表情を曇らせているヴィオラにレストは首を振った。

プリムラに対しても、安心させるように微笑みかけておく。

「娘に近づく男を警戒するのは当然です。ディーブル先生との対人戦闘訓練の成果を確認する良い機会ですし、胸を借りるつもりで相手を務めさせてもらいます」

「レスト君……」

「レスト様……」

二人がすぐ間近から、潤んだ瞳で見上げてくる。フォローの言葉がよほど嬉《うれ》しかったのか、両腕にギュッと抱き着いてきた。

(……いや、近いんだけど。親の前で気まずいよ)

感極まったように見つめてくるのは構わないのだが、あまり密着しないでもらいたい。

ここには姉妹の両親もいるのだ。二人の……特に父親であるアルバートの視線が痛い。

「そろそろ始めましょう。貴女《あなた》達も下がっていなさい」

アイリーシュがレスト達に声をかけてくる。

ヴィオラとプリムラが名残惜しそうに、レストの腕から離れていく。

「それでは……よろしくお願いします」

「ええ、こちらこそ……私の一人遊びにならないことを祈っているわ」

アイリーシュが美貌に笑みを浮かべる。引き込まれるような笑顔に何故《なぜ》か薄ら寒いものを感じながら、レストは数メートルの距離を取ってアイリーシュに向かい合った。

(ディーブル先生以外の人間と戦うのは初めてか……相手は王国最強の騎士団長よりも強いかもしれない。どうして、格上の相手とばっかり戦うことになるんだろうな……)

この鍛錬場で誰かと決闘するのはこれが二度目。

レストは覚悟を決めて、侯爵夫人である女性に向けて拳を構えた。

「それでは……始め！」

アルバートが合図を出して、戦闘が開始する。

その瞬間、眼前にアイリーシュの美貌があった。

「え……？」

「まず一発」

秒とかからずに距離を詰められた。瞬《まばた》きすらした覚えはないというのに。

うっすらと笑みを浮かべた顔に見蕩《みと》れてしまったのは一瞬のことで、次の瞬間には激しい衝撃に襲われる。

「フンッ！」

「グッ……！」

強烈な拳がレストの身体に突き刺さった。

「グウウウウウウ、これは……とんでもないなあ！」

レストは咄嗟《とっさ》に両腕をクロスさせて、アイリーシュの一撃を受け止めた。

【身体強化《フィジカルアップ》】【頑強《ガードアップ》】という肉体を強化させる二つの魔法を重ねがけしたにもかかわらず、とんでもない衝撃に襲われる。

レストは堪《たま》らず吹き飛ばされて、後方に大きく下がることになった。

「へえ……反応は悪くないわね。魔法の出力は普通だけど、発動速度は申し分ない。何より、その若さで二重奏《デュオ》の魔法を発動できるなんて器用で感心したわ」

「ど、どうも……」

アイリーシュは追撃してくることなく、腕を回している。

並の戦士、魔術師であったのなら、最初の一撃で終わっていたことだろう。

（りょ、両腕の感覚がない……千切れてないよな？）

防御に使った両腕は骨折こそしていないが、痺《しび》れていて上手《うま》く動かせない。

強化系統の魔法を解くことなく、【治癒《ヒール》】を使用して腕のダメージを癒やす。

「あら、治癒魔法？　三重奏《トリオ》もできるだなんて、本当に大したものだわ」

「そちらこそ……どうして、【身体強化】だけでそこまで力を出せるんですか？」

レストが心からの疑問を吐露した。

複数の魔法を並行して発動しているレストに対して、アイリーシュは【身体強化】だけしか使っていなかった。【身体強化】はレストだって使っているが……明らかに、両者の練度には隔絶した差がある。

「生まれつき、魔法出力が高いのよ。これぱかりは才能ね」

「……才能、ですか」

「その代わり……遠距離攻撃の魔法は苦手なんだけどね。何者も全てを手に入れることはできないということかしら？」

「…………」

底無しの魔力を持っているレストであったが、一つの魔法に込められる魔力……すなわち、魔法出力の高さはそこまで高いとはいえない。

別に低いわけでもないのだが……無限の魔力と一度見ただけで魔法をコピーできるという異色の才能に比べると、どうしても平凡に思えてしまう。

（なるほど……確かに、全てを手に入れることはできないか）

それならば、持っている武器で勝負するしかない。

「だったら……こういうのはどうでしょう？」

レストは周囲に十数個の【火球《ファイアボール》】を出現させた。

火球を大量に生み出すのは、別々の魔法を多重発動させるよりも遥《はる》かに簡単である。

「発射！」

大量の火球がアイリーシュに殺到した。避《よ》けられる量とタイミングではない。

「フフッ……良い攻撃ね。気に入ったわ」

だが、アイリーシュが素早く地面を蹴ってステップを踏む。あまりの速度に分身したかのようにアイリーシュの身体が左右に分裂して見えて……押し寄せる大量の火球を回避した。

「このまま行くわよ。構えなさい」

そして……スピードを緩めることなく、レストの懐に飛び込んでくる。

「【煙幕《スモークスクリーン》】！」

レストは咄嗟に白い煙を周囲に撒《ま》き散らす。

煙に身を隠したことでアイリーシュの拳が空を切る。文字通りに煙に巻いてやった。

「やるわね……！」

「【雷掌《サンダースタン》】！」

煙の中で、レストがアイリーシュに打撃と魔法を放つ。腹部に掌底を喰《く》らわせて、ゼロ距離から雷撃を叩き込んだ。

「ウッ……！」

アイリーシュの身体が小さく痙攣《けいれん》した。

レストが使ったのは、電気ショックで相手を気絶させる魔法である。ディーブルから教えてもらった対人戦闘用の魔法の一つだった。

「よし、これで……！」

「……痛いじゃないの。だけど、非殺傷用の魔法なんて舐《な》めてくれるわね」

「なあっ⁉」

腹部に当てたレストの腕をアイリーシュが摑《つか》んだ。

まともに喰らわせたはずなのに、動きを封じることができたのは一瞬だけだった。

「ヴィオラとプリムラというものがありながら……他の女の腹に手を当てるなんて悪い子ねえ。お仕置きよ！」

「うわあっ⁉」

腕を摑んだままレストの身体を振り回し、そのまま投げ飛ばす。

レストは何度も地面をバウンドして、鍛錬場の端にあった植木に激突した。

「う……ぐ……」

「レスト君！」

「レスト様！」

「出てこないの！　私達の喧嘩《けんか》はまだ終わってないわよ！」

慌てて駆け寄ってこようとする娘達をアイリーシュが一喝する。

アイリーシュが言うとおり、戦いはまだ終わっていなかった。レストが治癒魔法で身体を癒やしながら、地面から立ち上がる。

「ムチャクチャですね……本当に……」

こうして立つことができたのは、ディーブルによる訓練の賜物《たまもの》である。

多少なりとも人間相手の戦いに慣れていたおかげで、どうにか受け身を取ってダメージを最小限まで抑えることができたのだ。

（さっきの火球を全て避けられるのなら、いくら遠距離魔法を撃ったとしても意味ないな……下手《へた》な鉄砲を撃ちまくって、屋敷が炎上しても困るだろうし）

そうなると、強化系統の魔法を重ね掛けして近接戦で応じるべきだろうが……勘弁してくれよとレストは表情を歪める。あのゴリラのような貴婦人と接近戦は自殺行為だ。

（広範囲の攻撃魔法を使うことができたのなら、戦い方も変わるんだが……残念ながら、まだ教わっていないんだよな）

ディーブルから習っている戦い方は火力重視の攻撃というよりも、弱い魔法を工夫して使う戦闘技術だった。範囲攻撃や範囲魔法はまだ覚えていない。

「今後の課題を一つ発見。やっぱり、格上との戦いは勉強になるな……」

「その多彩な魔法を使った戦い方……貴方《あなた》、ディーブルに師事しているのね？」

アイリーシュが問いかけてくる。レストは回復に意識を割きながら頷《うなず》いた。

「……はい、ディーブル先生には色々と教えてもらっています」

「彼は過去にも弟子を取っていたけど、長続きしなかったそうよ。厳しい人だから」

「優しくはないですね。でも、強くなりたいのならそれくらいは当然です」

「うんうん、良い心がけね」

アイリーシュが戦闘中とは思えないような穏やかな笑みを向けてくる。

「彼は魔法の使い方が絶妙に上手いのだけど、魔力量は少ないのよ。貴方のようなデタラメな魔力の持ち主が彼の戦い方を修めたら、どんなふうに完成するのか見てみたいわ」

「……それはどうも。ご期待に応えられるように頑張ります」

「そうしなさい……さて、そろそろ怪我《けが》は治ったかしら？」

「……おかげさまで」

拳を握って、開く。会話をしているうちにダメージは完全に治癒できた。

魔力はもちろん、最初の状態から少しも減っていない。

（これで振り出しに戻った。むしろ、多少なりともアイリーシュ奥様の魔力は減っている。俺が有利になっているとすら言ってもいいんだけど……）

それなのに……何故だろう。少しも実力差が埋まった気がしない。

自分の方が追い詰められているような感覚だ。レストは背筋に汗をにじませる。

毎日のようにディーブルと模擬戦をしており、制限なしの戦いであれば、勝てないまでも有利に戦うことができるようになっているのに。

（それなのに……アイリーシュ奥様はこんなにも遠い。ディーブル先生よりも、もちろん俺よりもずっと強い……！）

「レスト君！」

「レスト様！」

（それでも……諦めるわけにはいかないな。応援してくれている子達がいるんだから！）

ヴィオラとプリムラが声を張り上げて、レストを応援してくれている。

二人にみっともない姿は見せられない。胸を借りるつもりとは言ったが……全力を出し尽くさなければ悔いが残る。

（小細工無し。正面から全力でいく……それこそ、殺すくらいの勢いで……！）

「ああ、覚悟が決まったようね。良い目よ、若い頃の夫によく似た対抗心に満ちあふれた瞳。私の好きな目だわ」

　アイリーシュは愉快そうに唇を三日月型に吊《つ》り上げる。

「来なさい。抱きしめてあげるわ」

「征《い》きます……！」

【身体強化】【頑強】【加速《アクセラレータ》】【土装《アースウエア》】……四重奏《カルテット》の魔法を発動。

　全身を土の鎧《よろい》でコーティングして、クラウチングスタートのように構える。

「四重奏……そんなことまでできるのね！　すごいわ！」

「オオオオオオオオオオオッ！」

　アイリーシュが称賛の声を上げたと同時に、地面を蹴って駆けだした。

　土の鎧をまとっているとは思えないスピード。大型バイクが百キロオーバーで突っ込むような勢いと重量である。

　真っすぐに走っていき、そのまま正面から相手の胴体にタックルをした。

「！」

「うん、良いわね。普通に良いわ」

　だが……そんな攻撃をアイリーシュは避けることなく、正面から受け止める。

アイリーシュは【身体強化】に加えて、【頑強】を使って肉体を強化させていた。

【身体強化】だけでも手に負えないというのに……重複して肉体を固めたアイリーシュの前には、四重奏による一撃も通用しなかった。

「ご褒美よ。宣言通りに抱きしめてあげる」

「カハッ……！」

アイリーシュの両腕がレストを抱きしめた。

土の鎧がバキリと音を立てて砕け散って、サバ折りの形で身体《からだ》を締めつけられる。

（腰が……折れ……！）

意識が遠ざかり、レストはそのまま気を失ってしまった。

鍛錬場で行われた二度目の決闘。レストはまたしても敗北してしまい、前回と同じように気絶してしまったのである。

◇　　◇　　◇

決闘後、気を失ってしまったレストは部屋に運ばれることになった。

幸い、命に別状はない。意識は戻っていないが治癒魔法で怪我は残らず治っている。

必死になってレストの看病をしようとするヴィオラとプリムラであったが……彼女達は母親に首根っこを摑まれて、屋敷の談話室に連れていかれた。

「ちょっと……お母様、何を……！」

「私と姉さんはレスト様のお世話を……！」

「貴方達、彼と結婚しなさい」

「「へ……？」」

抗議をしようとするローズマリー姉妹であったが、母親の言葉に唖然《あぜん》とした顔になる。

性格がまるで違う姉妹であったが……こうして見ると、やはり双子である。まったく同じ驚き顔で硬直していた。

「おい、アイリーシュ！　急に何を……！」

「貴方は黙っていなさい。これは女同士の話し合いよ」

「ウグッ……」

会話に割って入ろうとしたアルバートは妻に一喝されて、言葉を呑《の》んだ。

黙り込んだ夫と娘達に向けて、アイリーシュがハッキリと告げる。

「彼をローズマリー侯爵家の婿として迎えるわ。ヴィオラ、プリムラ……二人とも彼の子供を産んでもらうから、そのつもりでいなさい」

「お、お母様……」

「え、えっと……良いんですか？」

姉妹が微妙な顔で聞き返す。

二人はレストと結ばれることを望んでいた。けれど、二人まとめて彼の妻になれるとは思っていなかった。姉妹二人が同じ男と結ばれるよりも、どちらか一人が結婚して、もう一人が別の男性に嫁いだ方が貴族家の縁が広がるからである。

貴族家にとって、娘というのは政略結婚の道具。同じ男に嫁がせるということは、有用な道具を無駄撃ちすることに他ならない。

「貴女達《あなた》二人を娶《めと》らせるだけの価値が彼にはあるわ。私は今回の決闘でそれを確信した」

驚いている夫と娘達に、アイリーシュが毅然《きぜん》とした表情で語る。

「元々、ヴィオラが婿を取って家を継いで、プリムラには他家に嫁いで縁を作ってもらうつもりだったわ。だけど……彼のような逸材が見つかったのであれば話は別。外と縁を作るよりも、彼の血を引く子を一人でも多く産んでもらうことがローズマリー侯爵家の……そして、この国の繁栄に繋《つな》がるでしょう」

「お母様は……随分とレスト君が気に入ったのね」

「拳で殴り合えば、大抵のことはわかるわ」

脳筋である。ヴィオラとプリムラが苦笑いになる。

「かつて、母は一度だけ、『天帝』と称される魔術師と戦ったことがあるわ。『賢人議会』の議長にして世界最強の魔術師。レスト君はまだまだ未熟で経験の浅い部分は目立つけれど、彼と通じる何かを持っている。彼は間違いなく……この国で最強の魔術師になる」

「『天帝』……！」

プリムラが息を呑んだ。

『賢人議会』というのはこの世界における最高の魔術結社。国境を超えて、頂に至った魔術師ばかりが集められた団体である。『天帝』は賢人議会の議長とされている人物だ。

「彼と同等の素質を有した魔術師を取り込むことができるのなら、娘二人くらい安い物よ。仮に貴女達が嫌だと泣き喚《わめ》いたとしても、縛り上げて彼に差し出したことでしょう」

「…………おい」

冗談か本気かわからない発言に黙っていられなくなり、アルバートが半眼になった。

「睨《にら》まないで頂戴。無理強いをせずに済んだのは僥倖《ぎょうこう》よ。二人とも彼を好いているのであれば話が早いわ。王立学園の入学試験が終わり次第、三人には婚約を結んでもらいます。そして、卒業後に結婚。すぐさま子作りに入ってもらうわ」

「け、結婚……」

「こ、子作り……」

ヴィオラとプリムラが顔を真っ赤にさせて、顔を見合わせる。

母の言葉は姉妹にとって、願ったり叶《かな》ったりの発言だ。それでも……いざ、ストレートに言われてしまうと羞恥が勝《まさ》ってしまう。

「最低でも三人は子供を作ってもらうわ。婚前交渉は良いけど、避妊に配慮なさい。結婚前に生まれた子供には家督の相続権が認められないから、苦労させることになるわよ」

「……婚前交渉なんて私が許さん」

鷹揚《おうよう》な母親と、ボソリと怨嗟《えんさ》の声を漏らす父親。

ヴィオラが上目遣いで両親の顔色を窺《うかが》いながら、声のトーンを下げて訊《たず》ねる。

「本当に……いいの？　私達、三人で結婚してもいいの……？」

「そう説明したわ」

「それじゃあ……卒業してからも、ずっとレスト君とプリムラと一緒にいられるのね？」

「姉さん……！」

「プリムラ……！」

姉妹が大輪の花が咲くように笑って、抱き合った。

二人はレストを巡るライバルではあったが……それ以前に、双子の姉妹である。

相手が憎いわけではもちろんない。レストを独り占めできないことは残念だったが……それ以上に、姉妹で争うことがなくなったことは嬉《うれ》しかった。

「プリムラ……これからも一緒よ！」

「レスト様も一緒に三人で……ですね！」

感極まった姉妹が涙すら流しながら、笑顔を交わす。

娘二人を取られてしまうことに不機嫌になっていたアルバートも、そんな二人の姿を見ると、「仕方がない……」と肩を落とした。談話室が和やかで幸福な空気に包まれる。

「ああ……そうだ、言い忘れていたわ」

だが……ふとアイリーシュが口にした言葉により、穏やかな空気がぶち壊しになる。

「彼には貴女達以外にも、何人かの女性を孕《はら》ませてもらうから。分家や陪臣の家から年齢の合う娘達をピックアップして……場合によっては、親交のある他家からも第三以下の夫人や妾《めかけ》を集めるわね。他の女達とくれぐれも仲良くするように」

「「ええっ⁉」」

せっかく丸く収まったというのに……母親の発言で新たな争いの波紋が生まれる。

談話室からは親子が言い合う怒声が鳴り響いて、紛糾した口論は深夜遅くまで続いたのであった。

第五章　デートと試練

「レスト君、おはよう」

「レスト様、おはようございます」

「お、おはよう……ヴィオラさん、プリムラさん」

目の前にいる二人の美少女の姿に、レストは緊張から生唾を飲んだ。

赤いワンピースドレスを身に纏《まと》った金髪の美少女……ヴィオラ・ローズマリー。

青いワンピースドレスを身に纏った銀髪の美少女……プリムラ・ローズマリー。

二人の極上の美女が華麗な服で着飾って、レストを待ち構えていた。

（マジか……俺は本当に彼女達とデートをするのか……!?）

身に余る光栄というのは、今のレストのような状態を言うのだろう。

あり得ない幸運である。いまだにこれが夢ではないかとすら思えてくる。

この日、レストはヴィオラとプリムラの二人とショッピングに出かけることになっていた。つまり……デートである。

勉強と修業を頑張っているからと、ローズマリー姉妹の方から誘ってきたのだ。

（え、えっと……デートに誘ってくるということは、まさかそういうことなのか……？）

レストは恋愛経験が皆無だ。前世も含めて、異性と交際したことはない。

それでも……過度なほどの好待遇と身体的接触を受けて、ヴィオラとプリムラが自分に好意を持ってくれていることは何とはなしに気がついていた。

（本当に……どうして、俺なんだ？　確かに命は助けたけど、それだけで二人みたいな極上な美少女が俺なんかを……）

「だから、呼び捨てで良いわよ。前から言っているでしょう？」

「わかった……ヴィオラ」

「レスト様、私もです」

「うん……プリムラ」

敬称を取って呼ぶと、二人が嬉しそうにはにかんだ。

「ところで、レスト君。他に私達に何か言うことはないのかしら？」

「レスト様……私達の姿を見て、何か感想はないんですか？」

戸惑っているレストに、姉妹が何かを期待するように見つめてくる。

「あ……」

二人が求めているものを察して、レストが赤面した。

それでも……咳《せき》ばらいをしつつ、人生で一度も口にしたことのないセリフを絞り出す。

「あー……と、とっても似合っている。二人とも、よ、妖精かと思うくらい綺麗《きれい》だ……」

「「……………！」」

レストが口にした言葉に、ヴィオラとプリムラは感極まったような顔になる。

「嬉しい、ありがとう！」

「とっても、嬉しいです……！」

そして、姉妹が手を合わせてピョンピョンと飛び跳ねる。

本当に可愛《かわい》い。ワンピースドレスの裾がフワリと浮かんで、本当に妖精みたいだった。

「ウッ……」

正解だ。正しい選択をしたはずなのだが……無性に恥ずかしい。

女子の服を褒めるのがこんなに照れ臭いとは思わなかった。

（喜んでくれて良かったけど……ヤバい、絶対に顔赤くなってる……）

「それじゃあ、行きましょう！　デートの始まりよ！」

「行きましょう、レスト様！」

「わっ！」

姉妹が左右の手を摑《つか》んで、レストのことを引っ張っていく。

されるがままに手を引かれ……レストは王都の大通りを歩いていた。

姉妹は貴族令嬢ということもあり、普段は外出時に馬車を使っている。

しかし、今日はデートということで徒歩だった。

街に出ても姉妹は摑んだ両手を離してくれない。美少女二人と手を繋いでいるレストに好奇とやっかみの視線が向けられる。

「レスト君は何か、買いたい物とかあるのかしら？」

「いや、ないけど……その、手が……」

「それでは、私と姉さんの買い物に付き合っていただけますか？」

「う、うん……それは良いんだけど、手を……」

「こっちよ、付いてきて！」

もう手を離して良いのではないかと提案しようとするが、しゃべらせてもらえない。

（で、デートってこういうものなのか？　ずっと手を繋いで歩くのが普通なのか？）

経験が足りな過ぎて、まったくわからない。

そもそも……『普通』というのであれば、二人と同時にデートをしている状況が特殊過ぎるのだが。

「このお店よ」

二人に案内されたのはオシャレな外観の雑貨屋だった。

店の表口から同年代の女子が絶えず出入りしており、若い女性に人気の店だとわかる。

「このお店、友達から勧めてもらって来てみたかったのよ」

「聞いていた通りに可愛《かわい》らしいお店ですね。早速、入りましょうか」

三人が店の中に入った。

外観と同じようにオシャレな店内にはいくつもの棚が置かれており、アクセサリーやぬいぐるみなどが並べられている。

「へえ……すごい品揃《しなぞろ》えだな」

「そうでしょう？　王都では評判になっているお店なのよ！」

ヴィオラが何故《なぜ》か誇らしげに胸を張った。赤い布地に包まれた胸がフヨンと揺れるのを見て、レストは思わず目を逸《そ》らす。

「見てください、姉さん。こちらのぬいぐるみ、とてもよくできていますね」

「本当ね。こっちがクマで、あっちがネコで……この変な顔の鳥は何かしら？」

「目つきが鋭くて変わった鳥ですね。でも、不思議と可愛いです」

「……たぶん、ハシビロコウだな」

姉妹の疑問にレストが答える。

プリムラの胸に抱かれているのは『ハシビロコウ』という名前の鳥。やたらと目つきが鋭くてアンニュイな雰囲気をしているのが特徴的な鳥だった。

（どうして、この鳥がこの世界に……いや、別にいても良いけど、ぬいぐるみにするセンスがすごいな……）

誰が作ったのかは知らないが……この世界にも、変わった感性の人間がいるようだ。

姉妹がいくつものぬいぐるみ、アクセサリーを手に取って、華やいだ声を上げている。

「ん……？」

そんな中、レストの目にとある小物が飛び込んでくる。

小さな宝石を埋め込んだヘアブラシだ。派手さはないが品が良くて値段も手頃である。

「お……」

同じデザインのヘアブラシが赤と青の色違いで並べられていた。

奇《く》しくも、姉妹の服の色と同じである。レストは買い物中の二人を横目で見つつ、色違いのヘアブラシを手に取った。

（思ったよりも安い……これなら、俺でも買うことができそうだな……）

レストは「フム……」と考え込む。

（ずっとお世話になりっぱなしだし、何か御礼をできればと思っていたんだけど……）

執事見習いとして受け取っている給金は丸ごと残っていた。

住み込みなので生活費はかからず、前世から貧乏暮らしが続いていて趣味もない。

姉妹へのプレゼントであれば、あまり使う機会のない金の使い道としては妥当である。

（問題があるとすれば……俺が女の子に贈り物をしたことがないということか……）

二つのヘアブラシを手に取って、レストは困った様子で眉尻を下げる。

（えっと……こういうのって、何て言って贈れば良いんだ？　誕生日とかクリスマスじゃないし、普段お世話になっているからとか……？）

そもそも……このヘアブラシはデザインこそ良いが、庶民向けの安物である。

そんな物を侯爵令嬢である二人にプレゼントしても良いものだろうか？

（普段から持ち歩くわけじゃないから、安物だからといって恥を掻《か》くわけじゃない。だけど、絶対に二人とも、もっと良いヘアブラシを持っているだろうな……）

「レスト君、何を見ているの？」

ウジウジと悩んでいるレストの肩から、ヴィオラが覗《のぞ》き込んでくる。

「あら、綺麗なヘアブラシじゃない」

「本当ですね。宝石は小さいですけど、とても品があるデザインです」

「う……」

プリムラも興味が引かれたようにレストの手元を見つめてくる。

こうなると……レストとしても、覚悟を決めるしかなかった。

「……あ、あげるよ」

「「え？」」

「二人に……その、買ってあげたいんだけど……」

レストは言葉を噛《か》みながら、どうにかその言葉を絞りだす。

鏡を見ずともわかる。自分がトマトのように赤面してしまっていることが。

（お、女の子にプレゼントを渡すのがこんなに恥ずかしいことだなんて……！）

「く、くれるの？　私達に？」

「レスト様が……プレゼントを……？」

一方で、ヴィオラとプリムラは驚きに両目を見開いていた。

性格こそ真逆な二人であったが……こうして同じ表情を浮かべると、やはり同じ顔であることがよくわかる。

「う、うん……その……迷惑でなければだけど……」

「嬉《うれ》しいっ！」

「嬉しいですっ！」

姉妹がほぼ同時に叫んだ。

薔薇《ばら》色に染まり、両手いっぱいに幸福を手にしたような満面の笑み。

その表情を見て……レストは自分が正しい決断をしたことを確信したのである。


雑貨屋でヘアブラシを購入し、キッチリと包装してもらってから三人は店を出た。

買い物をしたのはレストだけ。ヴィオラとプリムラは何も買っていなかった。

欲しい物があったんじゃないのかと、疑問に思うレストであったが……姉妹は「他に買ったら喜びが薄れるから」と笑顔で告げてきた。

(喜んでもらえて嬉しいけど……ここまで過剰に反応されると、居心地が悪くなるな)

そんなことを考えながら大通りを進んでいき、次にやってきたのはレストラン。

派手さはないが、品が良くて落ち着いた雰囲気の店構えが三人を出迎える。

「このお店も友達から教わったのよ。お昼はここで済ませましょう」

ヴィオラが先頭で店に入る。レストとプリムラが後に続いた。

店に入るとテーブルの半分ほどが埋まっており、老若男女の客達が歓談をしながら料理に舌鼓を打っている。

高級店というほどではないが、庶民がちょっと贅沢《ぜいたく》をするお店……といった雰囲気だ。

「いらっしゃいませ。三名様でよろしいですね？　こちらのテーブル席へどうぞ」

すぐに店員が応対してくれて、窓際のテーブルへと案内してくれた。

レストとローズマリー姉妹が向かい合わせに座って、メニューを開いた。

「レスト君、何か食べたい物はある？」

「レスト様、ドリンクは何が良いですか？」

「あー、そうだな。俺は二人と同じ物で良いけど……お？」

メニューには料理名と簡単なイラストが付いていたのだが、その一つに目が留まる。

「これって……もしかして、チーズフォンデュなのか？」

野菜や肉などの食材を、熱して溶かしたチーズに浸けて食べる料理……つまり、チーズフォンデュがメニューに載っていたのだ。

(これってすごい美味《おい》しそうで気になる料理だけど、食べる機会はほとんどないんだよな……少なくとも、俺にはなかった)

レストの勝手なイメージであるが、セレブやリア充が食っていそうな印象がある。

前世で苦学生だったレストにはまるで無縁な食べ物だった。

「あ、レスト君はこれが食べたいのね？」

「美味しそうですね、私もそれで大丈夫ですよ」

メニューに見入っているレストに、ローズマリー姉妹が微笑《ほほえ》ましそうにしている。妙に恥ずかしい気持ちになったが……好奇心と食欲が勝る。レストは素直に二人の厚意を受け取ることにした。

店員を呼んで注文をして、待つこと十分。料理とドリンクがテーブルに並べられる。

「おお……！」

「「わあ……！」」

テーブルの中央に熱せられたチーズが注がれた鍋が置かれる。

三人分の食材……一口サイズのパンと温野菜、ソーセージなども運ばれてきた。

「美味《うま》そうだな……！」

「いい香り……チーズの中にワインが入っているのね」

「さっそく、いただきましょう」

レスト、ヴィオラ、プリムラはそれぞれフォークを手に取って、思い思いに食材をチーズに入れた。口に運ぶと、熱々のチーズの風味が口いっぱいに広がる。

「熱っ……だけど、美味い……！」

レストが「ハフハフッ」と熱さに耐えながら、チーズを絡めた食材を飲み込む。

ヴィオラとプリムラも同じようにチーズフォンデュを味わっている。

「身体《からだ》が温まりそうね。ブロッコリーが美味しいわ」

「お芋もコクがあって良いですよ、ヴィオラ姉さん」

「やっぱり、肉だよ……ソーセージが最高だ……！」

たかがチーズ、されどチーズ。濃厚でまさしく蕩《とろ》けるような味わいに、レストは感動すら覚えてしまった。

「ハフ、ハフッ」

「フフッ、レスト君ってばそんなにがっついて。まるで子供みたいね……そうだ」

何を思ったのだろう……ヴィオラが野菜をチーズに入れると、それをレストに差し出してくる。

「はい、あーん」

「ムグッ……!?」

急な出来事に、レストは思わず芋を喉に詰まらせそうになってしまった。

「ゴホゴホッ……そんな、自分で食べられるって……」

「いいじゃない。あーん」

「え、えっと……」

「そんなに私が口を付けたフォークが嫌なの……？　悲しくなっちゃうわ」

「……いただきます」

そんな言い方をされたら、食べないわけにはいかない。

レストは口を開いて、ヴィオラが差し出したブロッコリーに食いついた。

「どう？　美味しい？」

「……美味しいです」

レストが感想を述べると、別方向からソーセージが差し出される。

「レスト様、あーん」

「おおう……」

姉に対抗心でも燃やしているのか、今度はプリムラが「あーん」をしてきた。

「あーん……」

「美味しいですか、レスト様？」

「……美味しい」

「それじゃあ、もう一回あーん」

「私も、あーん」

「あーん……」

それから、レストはヴィオラとプリムラが差し出してくる食材をひたすら食べることになった。お返しに二人にも「あーん」をしたせいで周りにいる客から視線が集まり、クスクスと笑われてしまった。

レストが鳥の雛《ひな》の気持ちを理解した頃、ようやく食事が一段落つく。

「ハア……ごちそうさま。もう胸もお腹《なか》もいっぱいだよ……」

「さて……レスト君。今日はちょっと大事な話があるんだけど、良いかしら？」

精神的疲労にグッタリしているレストに……先ほどとは雰囲気を変えて真面目《まじめ》な顔をしたヴィオラが何やら切り出してくる。

反対隣のプリムラも真剣な表情。この切り替えの早さは女子特有のものなのだろうか？

「レスト君は気がついているわよね。私達の気持ちに……」

「わ、私と姉さんは初めて会った時から、レスト様のことをお慕いしています……！」

二人が意を決した様子で告白をしてくる。

もちろん、レストはそのことを薄々ながら感づいていた。木石ではないのだから、ここまであからさまに態度で示してくる姉妹の気持ちに気がつかないわけがない。

「だけど……どうして、俺に……やっぱり、君達を狼《おおかみ》から助けたから？」

「助けてもらったのもそうだけど……貴方《あなた》の強さとひたむきさに惹《ひ》きつけられたの」

「私は優しさに。そんなに強いのに少しも偉ぶらなくて、慈悲深いところが好きです」

「…………」

ヴィオラとプリムラが口々に言ってくる。その理由はレストにとって、あまりピンとくるものではなかった。

（強さはどうか知らないけど……俺は別にひたむきというわけじゃないし、優しくも慈悲深くもない。二人みたいな素敵な女性に好かれる資格なんてないと思うけど……）

無限の魔力などという力を持っていながら、レストは驚くほど自己評価が低い。

その理由は愛情の不足。前世でも今世でも親から虐待されて、十分な愛情を与えられなかったことが原因だった。

今回の人生では母親からは愛されていたものの……彼女は幼い頃に死んでしまった。ろくに愛されない自分には価値がない。心のどこかでレストは自分を卑下していた。

「姉妹に同時に告白されて、レスト君は戸惑っているんだと思う」

「だけど……良ければですけど、私達二人のお婿さんになってはもらえませんか？」

「ふ、二人の？　どっちか選べとかじゃなくて、両方と結婚するってこと？」

レストが先ほどとは別の意味で、意外な提案に困惑した。

二人が自分を好きになってくれたことも驚きだが、それ以上にこの展開は予想外である。てっきり、二人のうちどちらかを選ぶという流れかと思っていたのだが。

「心配しないで。お母様から許可はもらっているわ」

「むしろ、お母様の方が積極的です。絶対にレスト様を落とすようにと言われています」

「嘘《うそ》お……」

どこの世界に、自分の娘達を差し出して二股を勧める母親がいるというのだ。

アイリーシュ・ローズマリーが変わり者であることは先日の決闘でわかっているが、いくら何でもそれはない。

「ローズマリー侯爵家は魔法の名家で、国一番の魔術師の家を名乗っているわ。我が家は女系で女の子が生まれやすくて、外から優秀な婿を取ることで栄えてきたの」

混乱しているレストに、ヴィオラが落ち着いた口調で説明をする。

その話は以前、ディーブルから聞いたものだった。

「お父様も婿なのよ。優れた魔術師であったことでお母様に見初《みそ》められ、迎え入れられたの。底無しの魔力を持っていて、母やディーブルと戦えるだけのセンスがあるレスト君だったら、私達の両方を差し出しても良い……それがお母様の考えなのよね」

「特殊なことだとは思いますけど……魔術師の家系にはあることです。優秀な血を残すために複数の妻や妾《めかけ》を用意したり、他所《よそ》から子種だけもらったりすることもあります」

「な、何という貴族社会……」

むしろ、魔法社会とでもいうべきだろうか。

異世界転生をして改めて、考え方の違いにカルチャーショックを受けてしまった。

「レスト君さえ良かったら……その、私達と婚約してください！」

「お、お願いします……私と姉さんのお婿さんに、なってください……！」

「ウグッ……うっ……」

ヴィオラとプリムラが左右から身体をくっつけて、言い募ってくる。

腕に当たる柔らかな感触。女子特有の甘く爽やかな香り。頭がクラクラしてきて、正常な判断力が奪われる。

「…………！」

そんな中で……レストは気がついた。

二人の身体が震えている。緊張に顔が強張《こわば》り、泣き出しそうなほど涙を浮かべている。

（そりゃあ、そうだよな……男に告白を、それも結婚を申し込んでいるんだ。緊張しないわけがないよな……）

レストは無性に自分が恥ずかしくなった。

女の子に勇気を出させておいて、自分はフラフラと煮え切らない態度を取っている。男として、あまりにも情けないではないか。

「……二人の気持ちはわかったよ」

レストは大きく息を吐いてから、プレゼントを贈った時以上の覚悟を決める。

「正直、俺が君達に相応《ふさわ》しい人間であるとは少しも思わない。俺みたいな魔法の才能以外に何も持っていない奴《やつ》が、ヴィオラとプリムラを手に入れる資格なんてない」

「でも……」

「レスト様……！」

「だから……少しだけ、待っていて欲しい」

「「！」」

悲しそうに声を漏らす二人の手を握る。震える手を安心させるように包み込む。

「俺は君達の隣に立つのに恥じない男になってみせる！　そんなに長くは待たせない……遅くとも王立学園に入学するまでの一年間で、自分はヴィオラとプリムラの婚約者だぞと胸を張れる人間になってみせるから！　だから、俺に少しだけ時間をくれ……！」

「レスト君……！」

「レスト様……！」

二人が感極まったように声を漏らして、涙の粒を両目からこぼした。

「ありがとう……私達とのことを真剣に考えてくれて、本当にありがとう……！」

「やっぱり、レスト様は思った通りの方です……貴方を好きになって良かった……」

「…………」

姉妹がテーブル越しに手を握ってくるが……レストはそれどころではなかった。

（い、言った……言ってやった……二人の告白に答えたぞ……！）

全気力を振り絞って二人の気持ちに答えたことにより、今にも気絶しそうな精神状態となっていた。心のキャパシティーは破裂寸前、意識を保っているのがやっとである。

王立学園に入学して立派な魔術師となり、虐待していた養父母と腹違いの兄を見返す。

そして……ヴィオラとプリムラに相応しい男になってみせる。

レストの人生に新しい目標が加わった瞬間であった。

◇　　◇　　◇

『覚悟を決めたみたいで何よりね……それじゃあ、山に行きなさい』

「いきなり過ぎるだろ……奥様」

ヴィオラとプリムラから告白を受けた数日後。

姉妹の母親であるアイリーシュの命令を受け、レストはとある場所にやってきていた。

「ここがエラーズ山か。富士山ほどじゃないけど、聞いていた通りに高くて険しいな」

その日、レストがやってきたのはアイウッド王国の西北部にある岩山だった。

険しく切り立った山は頂が見えないほど高く、剝《む》き出しの岩肌に無骨な印象を受ける。

目的は受験勉強の合間の気分転換……などではない。修業と試練のためだった。

『獅子《しし》は険しい山から仔《こ》を突き落とすと聞いたけど……安全な場所で修業していて、本当の強さを得られるのかしら？』

アイリーシュはそう言って、レストを独りきりでこの場所に送り出した。

レストは基本的にローズマリー侯爵家のタウンハウスで受験勉強と、魔法と戦いの訓練をしている。アイリーシュがそのやり方に苦言を呈してきたのだ。

『私の経験から言うことだけど……本当に土壇場で頼りになるのは、実戦で培ってきた力よ。十分に基礎訓練は積んだみたいだし、そろそろ実戦で試しても良いんじゃない？』

要するに……危ない場所に行って、危ないことをしてこいという命令である。

アイリーシュは事実上、ローズマリー侯爵家の支配者である。彼女が決めたことであれば、当主であるアルバートでさえも逆らうことはできない。

ヴィオラとプリムラも必死に抗議をしてくれたのだが……力及ばず、レストは修業のために登山をすることになってしまった。

エラーズ山は高く険しい山である。基本的に平地が多いアイウッド王国では珍しい。

どうして平らな地面にポツリと高い岩山があるのかについては諸説ある。

賢者級の魔術師が魔法によって生み出したとも、神話の時代に巨人がここまで押してきたとも言われていた。

（要するに……正確な理由はわかっていないってことだよな）

岩山の来歴はともかくとして……やるべきことは同じである。

レストはこれから、この山の頂上まで登らなくてはいけない。それがアイリーシュによって課せられた試練なのだ。

エラーズ山は見ての通りの切り立った地形に加えて、多くの魔物が棲《す》みついている。

鉱石や薬草が採れるわけではないのだが……たびたび、武芸や魔法を学んでいる修業者が訪れるという。

「よし……登るか」

レストは覚悟を決めて、登山を開始する。

荷物の入ったリュックを背負って、険しい山道を歩いていく。

「フウ……フウ……」

リズミカルに呼吸を繰り返しながら、足を滑らせないよう注意して岩肌を踏みしめる。

この山にはほとんど木が生えておらず、短い草が所々に生えているだけ。足を滑らせてしまえば、摑《つか》むところもなく何十メートルも滑落してしまう。

(タダの山登りじゃない……魔法の練習になる)

本来であれば、この岩山を踏破するためにはアイゼンやピッケルなど専用の登山道具が必要だ。道具無しで踏破しようとするのであれば……魔法を使うしかない。

レストは【身体強化《フィジカルアップ》】でフィジカルを強化させつつ、【風操《ウインドコントロール》】や【浮遊《フローティング》】といった魔法で身体《からだ》を支えながら険しい山道を登っていく。

「ギーッ!　ギーッ!」

「【風刃《ウインドカッター》】」

おまけに……途中で魔物まで襲ってくるのだ。

レストはサッカーボール大の昆虫の魔物を、風の刃《やいば》で斬り落として撃破した。

登山に集中していれば魔物への警戒が疎《おろそ》かになり、魔物との戦いに意識を向け過ぎれば足を踏み外してしまう。

複数の作業を並列して行う必要があって、精神力と集中力が自然と鍛えられる。

(だから、奥様はここを修業場として勧めたわけか……なるほどな、訓練の成果を試すに

はうってつけの場所だ）

レストがローズマリー侯爵家に婿入りすれば、多くの困難がその身に降りかかるはず。

この山を踏破することにより、そんな試練に耐えることができる実力と心を持っているのか試しているのかもしれない。

（正直、意地が悪いとは思うけど……これくらいできない奴に、ヴィオラとプリムラを手に入れる資格はないよな！）

「フウ……フウ……フウ……！」

レストに魔力切れはない。治癒魔法で体力も回復できるので体力切れもなかった。

しかし……一歩間違えれば即死に繋《つな》がる状況が続いていることにより、精神の摩耗は避けられない。

どうにか集中を切らさずに登り続けて……ようやく、山の中腹まで到達した。

「フウ……やっと半分か。生きた心地がしないな」

周りに魔物がいないことを確認してから、レストは少しだけ休憩することにした。

手近な岩に座って、歩いてきた道程を見下ろすと……眼下には絶景が広がっている。

岩山の向こうには緑の平原が広がっていて、遠くに町が見える。目を凝らせば、動いている人間の姿も。青い空を悠然と鳥が飛び、笛の音のような鳴き声が鼓膜を震わせた。

（雄大な景色だ……登山にハマる人の気持ちが初めてわかった気がする）

前世では山で遭難する人のニュースが流れるたび、どうして命を懸けてまで山に登るのだと呆《あき》れていた。

けれど、この絶景を見てしまうと、登山者の気持ちが少しだけわかる気がする。

（エラーズ山はエベレストや富士山よりもずっと低い。それでも、こんなに素晴らしい景色が見られるんだ。もっと高い山だったらさぞや感動するんだろうな……）

景色もそうだが……辛《つら》く困難な道のりを越えて山の頂に立つことへの喜びもあるはず。

このまま山頂に登ることができれば、その気持ちの一端をレストだって摑めるだろう。

「行くか……！」

レストは簡単な保存食を摂《と》ってから立ち上がった。

先ほどよりもいくらか心に余裕を作りながら、中腹から山頂に向かって登っていく。

そのまま意気揚々と頂上まで……と行きたいところだが、頂上に近づくにつれて遭遇する魔物の数が増えていった。

「ギャオオオオオオオオオオッ！」

「【風刃】！」

「ギャアッ！　ギャアッ！」

「【火刃《ファイアカッター》】！　【水刃《ウオーターカッター》】！」

岩のように硬いオオトカゲに何発目かの魔法を命中させ、どうにか討伐する。

厄介なのは魔物の数だけではない。強さもどんどん向上していた。

一撃では倒せない魔物も増えており、弱点の属性を探すのにも一苦労だ。

「やれやれ……ようやく、倒せたか……」

オオトカゲが息絶えたのを確認して、レストが大きく息を吐く。

（ここまで登ってくる人間は少数だろうな。そして、その中の一部がああなってしまう）

レストが足元に目を向けると、そこには人間の白骨死体が転がっている。

魔物にやられたのか、それとも滑落して死んだのか……原因はわからないが、山の試練に負けたのは間違いなかった。

（無限の魔力があって助かったな……魔法が無かったら、とっくに死んでいる……）

この山には魔術師だけではなく、剣士や戦士などの武芸者も修業に来るという。

ずっと魔法に助けられているレストには信じられないことだ。彼らはどうやって、魔法無しでこの山を踏破しているのだろう。

（魔法無しでこの山を登ることができるとしたら、人間の力を超えた身体能力の持ち主に違いない。会ってみたいような、会うのが怖いような……）

「キャアアアアアアアアアアアアアアアアッ！」

「へ……？」

そのまま山頂まで登ろうとするレストであったが……突如として、悲鳴が聞こえてくる。

魔物対策に発動していた【気配察知《ライフサーチ》】の感覚網に勢い良く飛び込んできたのは、魔物ではなく人間の気配だった。

「だ、誰か止めてええええエエエエエエッ！」

「え……ええっ⁉」

山の上から一人の少女が転がってくる。硬い岩肌の上を何度もバウンドしながら、まるでボールのようにレストがいる方に加速してきた。

「ヒャアアアアアアアアアアアアアッ！」

「えっと……これは助けないと不味《まず》いよな？」

元気そうな声を上げているのでそこまでの悲愴《ひそう》感はないが、そのまま滑落すれば普通に死にかねない状況である。

レストは少女を救助するべく、魔法を発動させた。

（真正面から受け止めたらダメだ。一緒になって転げ落ちるのがオチ……）

できるだけ少女の勢いを殺して、最小限のダメージでキャッチする。

「【風操】」

まずは少女に下から風をぶつけて、少しでもスピードを削《そ》ぐ。

あの勢いの前では気休めにしかならないが……それでも多少の効果はあって、スピードが少しだけ緩やかになった。

「そして……【水球《ウォーターボール》】【増幅《アンプリフィケーション》】」

水の下級魔法を発動させ、威力を増大させる魔法を重ね掛け。

目の前に出現した水の球が大きくなっていき、人間の数倍ほどの質量になる。

「キャアアアアアア……わっぷ!?」

悲鳴を上げながら転がってきた少女が水の中に突っ込んだ。

勢いを殺しきれずに反対側から飛び出してくるが、待ち構えていたレストが受け止める。

「【身体強化】……!」

肉体の能力を強化させ、どうにか少女の身体を受け止める。

そのまま一緒に転がり落ちそうになるが……なんとか、ギリギリのところで堪えた。

「ハア、ハア……あ、危なかった……」

「ふえ……助かったの？」

レストの腕の中で、ずぶ濡《ぬ》れになった少女がパチクリと瞬《まばた》きを繰り返している。

赤髪ショートカットでスレンダーな体型の少女だ。年齢はレストと同じくらい。

抱きしめた腕に感じる柔らかな感触。よくよく見れば、顔立ちはかなり整っていた。

「き、君はいったい……？」

「あ……もしかして、あなたが助けてくれたのかな？」

少女が顔を上げて、ルビーのような色彩の瞳にレストの顔が映し出される。

「止めてくれてありがとう！　私の名前はユーリ。ユーリ・カトレイア。貴方《あなた》は？」

「あ、ああ……俺の名前はレスト」

名乗るレストであったが……すぐに疑問が生じる。

「ん……カトレイアって……？」

知った名前である。カトレイアというと、ローズマリー侯爵家と同格の貴族であるカトレイア侯爵家が真っ先に浮かんだ。

「それって……確か、騎士団長の名前じゃ……」

「へ？　あ、違うぞ！　違う違う！」

ユーリと名乗った少女が慌てた様子になり、両手をブンブンと振った。

「私は騎士団長と関係なんてないぞ！　カトレイア侯爵の娘などではないし、家出なんてしていないからなっ!?」

「カトレイア侯爵の娘で、家出をしているのか……」

嘘《うそ》がつけないタイプの娘のようだ。言わなくて良いことまで口に出していた。

「えっと……それで、カトレイア嬢はいったい……」

「ユーリで良いぞ。私も君のことはレストと呼ぶからな。敬語もやめてくれ」

「……ユーリは、その」

彼女の事情を訊《たず》ねようとして、ユーリの身体を抱きしめたままだと気がついた。

水球に突っ込んだことでずぶ濡れになっており、パンツルックの服がピッタリと身体に張りついていた。おかげで、細身ながらも胸にしっかりと肉がついた体型が浮き彫りになっている。

「まずは服を乾かした方が良いな……【乾燥《ドライ》】」

レストは赤面しながらも、魔法を使ってユーリの身体と服に付着した水分を飛ばす。

「これは……すごいな！　君は凄腕《すごうで》の魔術師だったのか！」

「逆に君は何なんだよ……どうして、この山に登っているんだ？」

「私は王都にいる伯母の家に行くところなのだが……ちょっと道に迷ってしまったんだ」

「道に迷ったって……はい？」

「ちゃんと地図を見てきたはずなのに……どうして、こんな所に来てしまったのかな？」

エラーズ山はアイウッド王国の北西部にある。

ユーリがカトレイア侯爵家の人間であるとして、その領地から見れば王都とは反対方向だ。

「地図によると南に向かえば良いはずなのだが……南というと上で良かっただろう？」

「いや、違う。絶対に」

平面の地図に上下の概念はない。それに南はどちらかといえば下のような気がする。

そもそも……道を間違えたとしても、この険しい山をわざわざ登ったというのか。

途中に魔物だっていたというのに……疑問を持たなかったというのだろうか？

「ああ、やっぱり間違えていたか。もしかして、さっきの曲がり角を右だったのかな？」

「たぶん、そういう次元の間違いじゃない」

「山を登ったのは誤りだったようだな……ところで、レストは何をやっているんだ？」

「俺は……」

隠す理由もないので、レストは山に登ることになった経緯をかいつまんで説明した。

「なるほど、なるほど。魔法の修業と試練のためだったのか。偉いじゃないか！」

「…………」

「……ありがとう」

「それじゃあ、私も頂上まで一緒に行こうかな」

「何で⁉」

意味がわからない。

どうして、レストとユーリが一緒に頂上に登ることになるのだろう。

「私は君に助けてもらったからな！　命の恩人である君を一人で危地に向かわせるわけにはいかないぞ！」

「危地って……」

「この山の頂上には大きな鳥の魔物がいるんだ。翼で風を巻き起こして、私もそれに吹き飛ばされて転がり落ちてしまったんだ」

「あ、それで頂上の方から転がってきたんだな……」

改めて、ユーリの身体《からだ》を確認するが……とんでもない勢いで転がってきたにもかかわらず、目立った怪我《けが》はなかった。せいぜい、擦り傷くらいである。

あの勢いで岩に身体を打ちつけたのなら、骨折や打撲では済まないはずなのだが。

（肉体の強度を魔法で向上させているのか……それにしても、おかしいような……？）

「まあ、良いか……【治癒《ヒール》】」

「お？」

レストが治癒魔法を発動させると、ユーリの身体についていた擦り傷が治った。

「すごいな、怪我《けが》も治せるんだな」

「まあ、これくらいならね」

「また助けられてしまったな。やはり、君を頂上まで送り届けなくてはならないようだ」

「…………」

ニッコリと邪気のない笑顔を向けられて、「いや、帰って」という言葉を呑《の》み込んだ。

「……良いけどさ、別に。お願いだから足手まといにはならないでくれよ」

「ああ、もちろんだとも。私が危なくなったら見捨てて良い」

「……そうもいかないだろう」

レストは再び頂上に向かって歩き出した。ユーリも隣に並んでついてくる。

「…………」

出発してすぐに気がついたのだが……ユーリは魔法を使っていなかった。

レストが魔法で肉体を強化させ、転がり落ちないように補助しながら進んでいるのに対して……ユーリにはそれがない。純粋な身体能力だけで歩いている。

「〜〜〜♪」

おまけに、険しい山道を進みながら鼻歌まで口ずさんでいた。かなり音階がズレて音痴だったが……それはともかくとして、ピクニックに来ているような陽気な様子だった。

（驚くほどの身体能力とバランス感覚……魔法を使うことなく、これほど肉体を強めることができるのか……？）

「どうかしたのか、レスト？」

「……ユーリはやっぱり、騎士団長の娘なのか？　あの王国最強の武人と呼ばれている」

「ち、ちちちちちっ、違うぞ！」

レストの問いに、ユーリがアワアワと動揺した様子を見せる。

「私は父の……じゃなくて、騎士団長の娘なんかじゃないぞ！　だから、領地にある屋敷から家出して、伯母の家に逃げ込もうとなんてしていないからなっ！」

「だから、そんなこと聞いてないって……そうか、やっぱりそうなんだな……」

カトレイア侯爵は騎士団長……宮廷魔術師長官であるアルバートと並び、王の双翼である最強の男。そんな人物の娘なら、とんでもない身体能力を持っていても不思議はない。

「ああ、着いたぞ。頂上だ」

そして……頂上に到着した。

エラーズ山の最上部は円形のテーブル状になっており、広い空間が広がっている。

「魔物の姿なんて……」

周囲を見回すレストであったが、すぐに【気配察知】に引っかかる存在に気がついた。

空から猛スピードで何かが迫ってきている。レストは咄嗟《とっさ》に魔法の防壁を張る。

「【風壁《ウインドウオール》】ッ……！」

「ギュイイイイイイイイイイイイイッ！」

現れたのは巨大な猛禽類《もうきんるい》である。地球最大の鳥であるコンドルよりもずっと大きく、象ほどのサイズがある鳥が翼を広げて下降してきた。

「わあっ！」

ユーリが悲鳴を上げた。

怪鳥が大きな翼で風を起こし、二人を吹き飛ばそうとしてきたのである。

レストが風の壁で防がなければ、先ほどのユーリのように山から転がり落ちていた。

「これは……コイツが『エンペラー・ファルコン』か！」

登山前に情報収集をした際、この魔物について話を聞いていた。

エラーズ山の主。怪鳥エンペラー・ファルコン。

この山が危険地帯となっている根本的な原因の一つであり、登頂した人間が少ないのも、この魔物が山頂をナワバリにしているからだ。

「ギュイイイイイイイイイイイッ！」

「やれやれ……こんな怪物を相手にしなくちゃいけないとか、奥様も本当に人が悪い」

アイリーシュから課せられた課題は山頂に行って帰ってくることだ。

つまり、この怪鳥を倒さずに引き返したとしても、問題はないはずである。

(だけど……奥様だったら、見つけた魔物は倒して当然。勝てなかったのなら不合格とか、普通に言いそうだよな。最低でも、戦って撃退したという証拠が欲しい……)

「仕方がない……やるか！」

レストはすぐさま覚悟を決めて、【水刃】を撃ち放った。

「ギュイッ！」

だが……エンペラー・ファルコンが翼を一振りすると、水の刃《やいば》が一瞬で散らされる。

「なるほど、下級魔法くらいでは効かないというわけか……！」

「任せろ！」

ユーリが止める間もなく飛び出した。地面を蹴ってエンペラー・ファルコンに飛びかかり、その胴体を蹴りつけようとする。

「ギュイッ！」

「わっ⁉　あわわわわわわっ！」

だが……エンペラー・ファルコンの風に煽《あお》られて、明後日《あさって》の方向に飛んでいく。

「た、助けてえええええええええっ！」

「ああ、もう！　世話が焼ける！」

レストも風の魔法を使って、落下しようとするユーリを受け止めた。

「足手まといになるなって言っただろうが！」

「ウウッ……すまない」

思わず声を荒らげると、ユーリがシュンッとした様子になった。

「ギュイイイイイイイイイイイイイイイイイッ！」

「グッ……また風が……！」

「危ない！」

エンペラー・ファルコンが翼をバタバタと動かし、竜巻を生じさせた。

今度はレストが風に巻き込まれて飛ばされそうになるが、ユーリがレストの身体を抱え込んで地面の岩を摑《つか》んだ。

「汚名返上だ……今度は私が君を助けるぞ！」

「ウグッ……！」

ユーリはレストを強く抱き寄せて、胸に抱え込んでいる。おかげで、フニフニと柔らかな感触が思い切り顔面に当たってしまっていた。

驚かされるのはユーリの握力。岩を片手で摑んで、指を食い込ませて耐えている。

(この期に及んで、まだ魔法を発動させていない……魔力無しでこの身体能力なのか⁉)

いったい、どんな身体構造をしているのだろう。本当に人間なのか疑わしくなる。

(い、色々と気になることはあるが……それを言っている場合じゃない!)

「生半可な攻撃では風に弾《はじ》かれてしまい、ダメージが通らない……!」

ならば、どうするか……風に負けないくらい強力な魔法を撃つだけである。

「【雷砲《サンダーボルト》】!」

わずかな溜めを経て、中級の雷属性魔法を発動させた。

青白く強烈な雷がバチバチと音を鳴らしながら、レストの手から放たれる。

「ギュイッ⁉」

かつて、腹違いの兄からぶつけられた魔法の一つ。

雷撃がエンペラー・ファルコンに向かっていき、わずかに狙いが逸《そ》れて翼を掠《かす》める。

旋風による防壁を突破することはできたが、咄嗟に避《よ》けたようである。

「ギュイッ! ギュイッ!」

「クッ、素早いな……アレに命中させるのは難しそうだ……!」

レストの攻撃に危機感を覚えたのだろう。

エンペラー・ファルコンは縦横無尽に飛び回り、レストに狙いを絞らせない。

それでいて風の攻撃は止《や》むことなく、わずかでも気を抜けば飛ばされてしまうだろう。

「レスト、すごい魔法だな！」

レストの身体をグッと抑えながら、ユーリが称賛する。

「今の攻撃を何十発も当たるまで撃てば勝てるんじゃないか？　大丈夫だ、レストが飛ばされないようにしっかりと押さえておくぞ！」

「ムギュウ……」

ユーリがレストを抱きしめる力を強める。

一瞬でも長くこの時間を……などと邪心が頭によぎるが、そんなわけにはいかない。

不可抗力とはいえ……恋人でもない女性の胸に抱きしめられている状況をいつまでも続けておくのは、色々と後ろめたさがあった。

（線の攻撃で奴《やつ》を捉えることはできない。そうなると……範囲魔法か）

広範囲を同時に攻撃することができる魔法であれば、奴を落とせるかもしれない。

問題があるとすれば……範囲魔法は上級魔法。ディーブルから教わっておらず、家を出た時点ではセドリックも修得していなかったため、レストも覚えてはいない。

（奥様だって、俺が上級魔法を修得していないことくらいわかっているはず……その上でここに送り込んだんだから、やっぱり殺す気なんじゃないのか？）

酷《ひど》い話であるが……おそらく、アイリーシュに悪意はない。あえて今のレストでは倒せないような強敵と戦わせることにより、レベルアップを期待しているのだろう。

「……やってやろうじゃないか」

絶望的状況にレストは対抗心を燃やして、拳を握り締める。

嫌がらせのような試練ではあったが……それにより、かえって反骨精神に火が点《つ》いた。

ローズマリー侯爵家でぬるま湯に浸《つ》かったような生活をしていたが、元々、レストは持たざる者。追い詰められるほどに力を発揮できるタイプなのだ。

アイリーシュが困難な試練を課したのも、そんなレストの性質がわかっていて成長を促したから……と信じたいものである。

「大丈夫だ。上級魔法は使ったことがないし、見たこともないが……俺ならできる！」

頭の中で魔法式を構築していく。他者の模倣ではなく、受験勉強で読んだ書物に載っていた魔法の術式を引っ張り出してきて組み立てる。

現在進行形で魔物と戦っている最中《さなか》での並行思考。喉元に刃を突きつけられているような極限状態で、レストは集中を乱すことなく自分のやるべきことを成し遂げる。

「【雷嵐《サンダーストーム》】！」

やがて、魔法が完成する。レストが頭上に手を掲げて上級魔法を発動させた。

これまでにない大量の魔力が身体《からだ》から抜けて天に向けて放たれ、そこで炸裂《さくれつ》する。

空で弾けた魔力が無数の雷に変わり、雨のように山頂に降り注いだ。

「ギュイイイイイイイイイイッ⁉」

予想外の方向からの攻撃を避けられず、エンペラー・ファルコンが雷に貫かれた。

巨大な体軀《たいく》がフラフラと揺らぐが、それでも落下することなく空中に留《とど》まっている。

「【雷砲】！」

「ギュウウウウウウウウウウウウウッ⁉」

そして、そこでさらにダメ押しの一撃。

ふらついていたところを撃ち抜かれて、エンペラー・ファルコンが絶叫を上げた。

「ギュウ、ギュイ……！」

「すごいな……まだ落ちないのか……！」

エンペラー・ファルコンが翼を動かし、この場から逃げ出そうとしている。

それなりに強力な雷撃を撃ち込んだというのに……想像以上のタフさだった。

「だったら、倒れるまで何発だって……！」

「逃がさない！」

「へ……？」

追撃しようとするが……そこで予想外の展開。レストを抱えていたユーリが動く。

レストを放って地面を蹴り、逃亡しようとするエンペラー・ファルコンに飛びついた。

「ギュイイイイイイイッ……！」

「コラ！　逃げるなっ………わあっ！」

驚異的な筋力によってエンペラー・ファルコンに組みついたユーリであったが、できたのはそこまでである。暴れる怪鳥に振り払われて落下してくる。

「ヒャアアアアアアアアアアアアアッ⁉」

「ああ、もう！　本当に世話が焼けるなあ！」

「わっぷ！」

レストが慌てて魔法を発動させて、巨大な水球を生み出してユーリをキャッチした。

「すまない……また助けてもらったな」

「……【乾燥】」

再びビショ濡れになったユーリの身体と服を乾かした。

顔を上げると、巨大な怪鳥はすっかり遠ざかっている。もはや魔法も届かないだろう。

「……逃がしたか」

できれば討伐して、その証明を持って帰りたかった。

そうすれば、レストを送り出したアイリーシュも文句は言わなかったはず。

「参ったな……まあ、逃げてしまったものは仕方がないか」

「すまない……レスト。私が余計なことをしてしまったようだな……」

ユーリがシュンッと落ち込んだ様子で、眉をハの字にした。

「私が動かなければ、魔法で倒せていたな……ついつい身体が動いてしまった」

「まあ、そういう奴もいるよな……別に構わないさ」

距離もあったし、確実に命中させられたとは限らない。

今回の戦いではユーリは足手纏《あしでまと》いになる場面があったが、助けられたところもある。責めるつもりはなかった。

「あ、そういえばこんな物が取れたぞ。良ければ受け取ってくれ」

「これは……あの怪鳥の羽根か？」

ユーリが手渡してきたのは、人間の腕ほどもある長い羽根だった。

それはエンペラー・ファルコンの風切羽。組みついた際に、ユーリが引き抜いたのだ。

「これがあれば、頂上まで到達して敵を撃退した証明になるな……助かるよ！」

「そうか、少しでも役に立てたのなら良かったよ」

ユーリが安堵《あんど》した様子で胸を撫《な》で下ろす。

ホッとしたのはレストも同じ。これで大手を振ってローズマリー侯爵家に帰れる。

(それはともかくとして……俺もまだまだ未熟だな)

十分に強くなった気持ちでいたのだが、今回の戦闘では未熟さを突きつけられた。

もっと多くの魔法を知っていたら。もっと強力な魔法を使うことができれば、楽に勝利することができたかもしれない。

(いっそのこと、自分の性格や性質に合った独自の魔法を生み出すことができれば……)

「オリジナル魔法か……」

「それにしても危なかったなあ！　一歩間違えていたら、ここから落ちていたぞっ！」

考え込むレストのことを尻目に、ユーリが山頂から下を見下ろしている。

山の頂上からは、中腹で見た以上の絶景が広がっていた。

眼下に広がっている緑の大地。あちこちに点在する森や林。遠くには、小さいが王都も見ることができた。

「あ……レスト！　もしかして、アレが王都なのか⁉」

「ああ、そうだよ。あそこが……」

「良かった！　これで王都に行くことができるぞっ！」

ユーリが両手を叩《たた》いて喜びの声を上げた。

「道に迷ってどうなるかと思ったが……急がば回れだな！　ここから真っすぐ進めば、王都に行くことができるぞ！」

「あ、いや……ユーリ、王都だったら俺が案内して……」

「ありがとう、レスト！　君に会えて本当に良かったよっ！」

レストの話を聞かず、ユーリが手を摑《つか》んでブンブンと上下させてくる。

「必ずまた会おう！　君のことは絶対に忘れないよっ！」

「え、いや、そうじゃなくって……」

「それじゃあ、またっ！」

ユーリがウサギのように跳躍して、山頂から下に飛び降りる。

まさしく脱兎《だつと》のような勢いで、麓に向けて走っていってしまった。

とても真似《まね》できないような速度と勢いである。ユーリは恐怖という感情を母親の腹に置いてきてしまったのだろうか？

「……何だったんだ、本当に」

前世も含めて、ユーリほど天真爛漫《てんしんらんまん》で話を聞かない人間に会ったことはない。

レストは珍獣を目撃したような心境になった。

「だけど、何故《なぜ》だろうな……彼女とはまた会える気がする」

それが良いことなのか、悪いことなのかはわからない。

無性に胸を騒がせる再会の予感に、レストはそっと背筋を震わせたのである。

第六章　王立学園入学試験

その後もいくつかの無理難題をアイリーシュから押し付けられたレストであったが……彼はそもそも受験生である。

それから一年間。試練を受けながらも受験勉強に励んでいた。何度も参考書に目を通し、わからない部分は姉妹に聞いたり、書庫で調べたり。

ディーブルとの鍛錬も続けており、格闘術などはまだまだ及ばないが、単純な魔法の腕前だったらすでに超えている。

『今のレスト殿であれば、入学試験も問題なく通ることでしょう。ただし……好事、魔多し。余裕が生まれた時こそ油断しないようにしてください』

「……相手がどんなに弱い相手でも油断するな、ですよね。ディーブル先生」

「ガアアアアアアアアアアアアアッ！」

レストの独り言を搔《か》き消すように絶叫が響く。

視線の先、森の中からいくつもの異形の人型が出てきて、こちらに向かってきている。

灰褐色の肌、毛の生えていないツルツルの頭部。ムクムクと膨れ上がった身体は風船のようでありながら、表面はぶ厚い筋肉の装甲で覆われている。

人間ではない。オーガと呼ばれる魔物だった。

森から次々と姿を現したオーガがいきり立った雄叫《おたけ》びを上げながら、待ち構えていたレストめがけて突進してくる。

今日もレストは魔物と戦っていた。本日のミッションはオーガの群れの討伐。これもアイリーシュから与えられた任務である。

「さあ、闘《や》ろうか」

すでに準備万端。敵もやる気になっている。

待ってやる理由はない。レストは魔法を発動させて地面を蹴る。

「【身体強化《フイジカルアップ》】、【加速《アクセラレータ》】」

二重奏《デュオ》の並列魔法によって目にも留まらぬ速さで駆けて、先頭のオーガに肉薄する。

「グギャッ⁉」

「【風刃《ウインドカツター》】」

ゼロ距離から放った風の刃《やいば》により、切断されたオーガの頭部が宙を舞う。

仲間がやられたのを見て、別のオーガが手に持った棍棒《こんぼう》を振り下ろしてくる。

「ガアッ！」

「【土壁《アースウォール》】」

慌てることなく魔法を発動。

地面から盛り上がってきた土の壁が、オーガの振り下ろした棍棒を受け止めた。

「【土槍《アースソーン》】」

「ギャンッ！」

自分を守った土壁に手を触れて、次の魔法を発動。

壁の反対側から尖《とが》った杭《くい》が飛び出して、攻撃してきたオーガを刺し貫く。

「【火砲《ファイアボルト》】、【氷砲《アイスボルト》】、【雷砲《サンダーボルト》】」

離れた場所にいるオーガには中級の遠距離魔法で攻撃。

赤、青、黄色の閃光《せんこう》が次々と射出されて、オーガの身体《からだ》を打ち抜いていった。

「「「ガアアアアアアアアアアアアッ！」」」

単体では勝てないと判断したのだろう。

数体のオーガが一斉に飛びかかってきて、圧倒的な重量でレストを押し潰そうとする。

「【煙幕《スモークスクリーン》】」

レストを中心に白い煙が発生。その姿を包み隠した。

「「「ガアッ!?」」」

同じく、煙に包まれたオーガ達が混乱の声を上げた。

無茶苦茶《むちゃくちゃ》に棍棒を振り回して同士討ちをして、仲間同士で殴り合う。

「フッ！」

そんな混乱の坩堝《るつぼ》の中、レストは姿勢を低くして駆ける。

【気配察知《ライフサーチ》】によって、煙幕の中でも問題なく敵を把握することができる。

オーガの拳や棍棒をかいくぐりながら、魔法を放って確実に一匹一匹仕留めていった。

「これで最後の一匹……じゃなさそうだな」

「グウギャアアアアアアアアアアアアアアッ！」

森から一際大きな絶叫が響いてくる。

先ほど倒したよりも二回り以上は大きなオーガが、木々を薙《な》ぎ倒しながら現れたのだ。

赤い体色をしたそのオーガはおそらく変異種だろう。『オーガジェネラル』などと呼ばれている怪物だった。

（ホワイトフェンリルよりも上位の魔物。人里に現れたら、集落の一つや二つ余裕で消えてなくなるだろうな）

侯爵家に引き取られたばかりのレストであれば、勝てなかったかもしれない。

だが……今のレストはあの頃とは違う。焦りも見せることなく、冷静に魔力を練った。

「【身体強化】、【剛腕《ストレングスアップ》】」

肉体を強化する魔法。腕力を強化する魔法。

「【土装《アースウエア》】」

身体を土でコーティングする魔法。

右腕の肘から先の部分を土で覆って、巨大なグローブを生成した。土のグローブの先端には尖った棘《とげ》がついており、拳の殺傷能力を高めている。

「【加速】！」

そして……極めつきに速度を上昇させる魔法。

レストが一瞬でオーガジェネラルの懐に踏み込んで、右腕を振るった。ぶ厚い胴体に棘付きのグローブがめり込んで、バキボキと肉が裂け骨が砕ける音が鳴り響く。

「グウギャアアアアアアアアアアアアッ⁉」

オーガジェネラルの絶叫。

離れた場所にいたはずのレストが瞬《まばた》きほどの時間で近づいてきていて、攻撃された。

何が起こったのか理解できていないことだろう。

(まだ叫ぶ元気があるんだな……！)

「【炎砲】」

【加速】の魔法を解除し、トドメの魔法を発動させる。

めり込んだ拳の先端から炎の魔法を放出した。

「ツッツッツッツッツッツ～～～～～～!!」

オーガジェネラルの口から、鼻から、眼球から炎が噴き出した。

声にならない絶叫。身体を内側から焼かれて、オーガジェネラルが仰向《あおむ》けに倒れる。

「……勝った」

念のため、【気配察知】の魔法で周りを確認する。

この場において生きている気配はレストを除いて、一つだけ。

全てのオーガが息絶えているようだった。

「お見事」

パチパチと拍手の音がして、木の陰に隠れていた気配が姿を現した。

「素晴らしい戦いぶりでした。この一年でとても強くなられましたね」

「ありがとうございます、ディーブル先生」

現れたのは執事服の男。レストにとっての戦いの師匠であるディーブルだった。

森から飛び出してきたオーガの群れであったが……彼らを追い込んで外に出したのは、他でもないディーブルなのだ。

「いざとなれば、助太刀《すけだち》するつもりでしたが……必要ありませんでしたね」

ディーブルが満足そうに微笑《ほほえ》んで、パチパチと拍手をする。

「もう貴方《あなた》に教えられることは何もありません。優秀な生徒を持てて良かったです」

「感謝するのはこちらですよ、先生。貴方に教わることができて本当に良かった……」

レストは涙が滲《にじ》みそうになるのをグッと堪《こら》えて、鼻水をすする。

ローズマリー侯爵家にやってきてから、本当に良い出会いをしてばかりだ。

彼らから受けた恩は一生かけても返そうと心に決める。

「それでは、帰還いたしましょう。お嬢様達が待っておられます」

「そろそろ試験が終わる頃ですし、屋敷に戻る頃には二人とも帰っているはずです」

本日は王立学園で貴族枠の入学試験が行われている。

ヴィオラとプリムラは試験を受けるべく、朝から学園に行っていた。

「二人だったら問題ないでしょうが……心配ですし、早く帰りましょう」

「ええ。どちらが早く屋敷にたどり着くか競走しましょうか」

「望むところです！」

レストとディーブルは魔法によって速度を強化して、高速で王都に向かって駆ける。

森の手前には大量のオーガの死骸が転がっていたが……それは後からやってきた侯爵家

の使用人によって片付けられたのだった。

レストが帰宅すると、ちょうどエントランスでヴィオラとプリムラと顔を合わせた。

「ただいま。二人とも、試験はどうだった？」

「お帰りなさい、もちろんバッチリよ！」

「私もたぶん、大丈夫だと思います」

「それは良かった」

王立学園は『魔法科』、『騎士科』、『文官科』、『神官科』、『芸術科』の五つの学科に分かれており、姉妹が受けたのは魔法科である。レストも同じ学科を受ける予定だ。

「次はレスト君の番よ！　落ちちゃったら承知しないんだからね！」

「もちろんだとも。絶対に合格してみせるさ」

ヴィオラの念押しにレストは大きく頷《うなず》いた。

一週間後には平民枠の試験がある。もちろん、不合格になるつもりはない。

人生の岐路になるであろう試験……絶対に合格してみせる。

「試験内容は昨年と同じだったようです。最初に全学科共通の筆記試験があって、それから学科別に分けて実技試験があります。実技は例年通りの『的撃ち』でしたよ」

プリムラが試験内容を説明する。

『的撃ち』は魔術師の力量を測定する一般的な方法だった。的に魔法を撃ち込んで、特殊なマジックアイテムで威力を測定するというもの。例年通りの試験内容である。

「そういえば……試験会場で貴方のお兄さんを見たわよ」

「セドリックを？」

「ええ、私達に話しかけたそうにしていたから無視しておいたわ」

「ハハッ……懲りないなあ、あの男も」

（最後に会ってから一年か。あれだけの失敗をやらかしたんだ。少しは反省して、精神的に成長しているといいんだけど……）

「実技試験の結果がイマイチだったみたいよ。『これは不正だ』とか『やり直しを要求する』とか大騒ぎしていたわ」

「『天才である自分を陥れる陰謀だ』とも言っていましたね。すごく見苦しかったです」

「……まったく成長していなかったみたいだな。いや、正直、予想通りだが」

顔をしかめて不快そうにしている姉妹に、レストも苦笑いになった。

どうやら、セドリックは試験会場で問題を起こしたようである。原因は実技試験の結果が良くなかったからのようだが……これは少しだけ、予想外だった。

「筆記ならまだしも、実技でやらかしたのか……あのセドリックがねえ」

人間性には問題のある男だが……セドリックの魔法の才は同年代でトップクラスだった。

無限の魔力を持っているレストのような規格外を除けば、負けることはないだろう。

才能だけならばローズマリー侯爵だって認めていた。だからこそ、姉妹と引き合わせる時間を作ったのだから。

「彼が魔法を撃つところを見ていたけど……彼、【雷嵐《サンダーストーム》】の魔法を使っていたわよ」

「は……【雷嵐】？　的撃ちに？」

ヴィオラから告げられた言葉に、レストは耳を疑った。

【雷嵐】は間違いなく上級魔法。使える人間は一握りしかいない魔法である。

だが……的撃ちの試験には向いていない。明らかに魔法のチョイスを間違えている。

（【雷嵐】は範囲攻撃魔法。広範囲を一度に攻撃することができるが、代わりに威力はそこまで強くはない。魔法の威力を競う的撃ちに使うのは悪手中の悪手だろ……）

「実技試験の点数は平均レベルだったから、筆記試験の結果によっては不合格になるわ」

「……………そうか」

思えば……セドリックは昔からそうだった。

表面をなぞり、それで深淵《しんえん》まで理解していると勘違いをする。魔法のレパートリーばかりを増やして、その魔法がどういうものであるかを深く理解しようとしない。

（たぶん……『下級魔法や中級魔法よりも、上級魔法の方が有利に決まっている。すごい魔法を使うことができる俺ってスゲーだろ。みんな俺を褒《ほ》め称《たた》えろ』……そんな自己顕示欲から【雷嵐】を使ったんだろうな）

本当に……つくづく、呆《あき》れた男だった。

セドリックが不合格だった場合、宮廷魔術師になるという目標が断たれることになる。よほどの理由がない限り、王立学園を出ていない人間を王宮が登用することはない。

（そうなると、エベルン名誉子爵家が正式な子爵になるという悲願も達成できなくなるわけか……親父《おやじ》が怒り狂いそうだな）

エベルン家は先代・当代と続けて名誉子爵を叙爵しており、セドリックが宮廷魔術師になって名誉子爵になれば、正式に子爵になれるはずだった。

絶対に宮廷魔術師になれるだろうと思っていた息子が、天才だと持て囃《はや》されていたセドリックが不合格になったら、それはもう発狂せんばかりに暴れるに違いない。

（そして、魔力無しの出来損ないだと思っていた俺が学園に合格したら、いったいどれほど悔しがることか……ヤバいな、ちょっとだけ見てみたい）

「俄然《がぜん》、やる気が出てきたな。合格したい理由が一つ増えたよ」

レストは改めて絶対合格の意思を固めて、拳を握り締めたのであった。

◇　◇　◇

そして……いよいよ平民枠の入学試験当日となった。

王立学園に入学できるかどうかで、今後の人生設計が大きく左右される。

大袈裟《おおげさ》ではなく……レストの人生が勝ち組になるかどうかが決まる一日の到来だった。

「レスト君、頑張ってね！　信じてるわよ！」

「レスト様だったら絶対に合格できます！　頑張ってください！」

ヴィオラとプリムラがエントランスまで出てきて、激励の言葉で送り出してくれる。

言葉だけじゃなくてハグまでしてくれた。周りの使用人の生温かい視線が居心地悪い。

「ありがとう……二人のためにも、絶対に合格してくるよ！」

二人はエベルン名誉子爵家から自分を連れ出してくれた。

教材を与えてくれて、勉強を教えてくれて、魔法や戦闘を教える師まで与えてくれた。

最高の環境で学ぶ機会を与えてくれた二人の期待に応えるためにも、絶対に合格しなくてはいけない。

「よし……出発！」

何度も持ち物を確認しておいた鞄《かばん》を背負う。

試験に余裕で間に合う時刻に屋敷を出て、駆け足で王立学園に向かっていく。

侯爵家は馬車を出してくれると言っていたが……レストはそれを断り、徒歩で学園に向かっていた。

（一応は使用人である俺が、侯爵家のエンブレムが入った馬車は使えない。それに……自分の足で走った方が速いしな）

王都の貴族街にある侯爵家の屋敷から学園まで、徒歩で一時間ほど。

魔法で速度を強化して走っていけば、十分とかからずに到着できるだろう。

「フッ……フッ……フッ……」

一定のリズムで呼吸しながら手足を動かし、周囲の景色を風に変えながら目指す学園に向けて走っていく。

途中で道に迷うような愚は犯さない。事前に学園の場所は下見をしており、道順もぬかりなく頭に入っていた。

（試験勉強は問題ない。過去問では余裕で合格点を取れた。ディーブル先生には『今すぐに宮廷魔術師になれる』とまで太鼓判を押してもらった。神殿に合格祈願して神頼みだってした。昨日は早めに休んで睡眠もとった……大丈夫だ、何も問題はない！）

問題ない。落ちるわけがない。絶対に合格できる……その確信があった。

（それなのに……不思議だな。いくら勉強しても不安が消えない。高校入試を思い出す）

前世、家庭環境に恵まれなかったレストは、特待生制度があって奨学金が出る高校を受験した。死に物狂いで勉強して、血尿が出るくらい努力をしまくった。

そうやって命がけで努力をしても、試験当日には不安がぬぐえなかった。今、この瞬間がそうであるように。

（頑張ったから、努力をしたから……だからこそ、結果を出せるか心配になるんだ）

不安になるのは仕方がない。それでも、結果は必ず出してみせる。

高校受験の時だって上手《うま》くいったのだ……今回だって、絶対に合格できるはず。

「努力は人を裏切らない……やれる、俺ならできる……！」

そんなふうに自分に言い聞かせながら、レストは学園に向かっていくが……そこで予想外の事態が生じた。

「キャアアアアアアアアアアアアアアアアアッ！」

「…………へ？」

早朝の空気を切り裂くようにして聞こえてくる悲鳴。

レストは思わず、悲鳴に釣られて顔を上げる。

「誰か、助けてええええええええええええええええっ！」

「……何やってんの、アイツ」

見上げたレストの目が捉えたものは……王都にある時計台から真っ逆さまに落ちてくる少女の姿である。

ユーリ・カトレイア。数ヵ月前にエラーズ山で会った少女が地面めがけて落下してくる。

レストはあの時のことを思い出しながら魔法を発動させ、大きな水球を生み出した。

「ブクブクブクッ……プハアッ⁉」

「こんなところで会うとは思わなかったよ……ユーリ」

水で衝撃を殺したユーリの身体《からだ》を受け止める。

魔法を解除すると、いつかのようにずぶ濡《ぬ》れのユーリが現れた。

「君は……レストじゃないか！　ここで何をやっているんだい⁉」

「それは二百パーセント俺のセリフだな。どうして、君はいつも上から降ってくるんだ？」

レストが服を乾かしつつ、心からの疑問を込めて訊《たず》ねた。

「実は行きたい場所があったのだけど、道に迷ってしまってね？　前みたいに高い場所から見下ろしたら目的の場所が見つかるかもしれないと思って、そこに登っていたんだ」

『そこ』というのは王都のシンボルでもある時計塔のことだろう。

基本的に観光地として開放されている時計塔だが、今は早朝で閉じているはずだが。

「外から登ったんだ。ちょっとだけ苦労したよ」

「登ったって……まさか、壁をよじ登ったのか⁉」

「ああ、摑《つか》める箇所が多いからどうにかなるかと思ったんだけど、天辺《てっぺん》までたどり着いたところで、うっかり手を滑らせてしまってね。危うく、怪我《けが》をするところだったよ」

朗らかに笑うユーリだったが……普通、時計塔の天辺から落ちたら怪我では済まない。

もっとも、『普通』と言うのであれば、この高さの塔を外からよじ登るだなんて、できるわけがないのだが。

「そうか……悪いけど、俺も急いでいるから行くぞ」

ユーリがどこに行こうとしていたのかは気にならなくもないが……レストも急ぐ身だ。時間にまだ余裕はあるが、だからといって、いつまでも話し込んではいられない。

「迷子になったのなら、この道を真っすぐ行ったところにある憲兵の詰め所に行くか、その辺を歩いている人に道を尋ねると良い。ただし、怪しい奴《やつ》にはついていかないように」

レストはそう言い残して、その場を立ち去った。

「あ！　待ってくれ！」

だが……ユーリが走ってきて、隣に並ぶ。

相変わらず魔法を使っている様子はないのに、身体機能を強化させているレストと同じ速度で走っている。

「また、助けられてしまったのだ。何か御礼をさせてもらえないだろうか？」

「いや、別に大丈夫だ。気にしないでくれ」

「そう言ってくれるな。せっかくの縁だ。これきりお別れでは寂しいではないか」

ユーリはニコニコと笑顔を浮かべており、他意はなく純粋に感謝をしているようだ。

気持ちは有り難いが……レストとしては先を急ぎたいところである。

速度を緩めることなく、そのまま大通りを走っていく。

「悪いけど……これから、大切な試験があるんだ。もしも御礼をしてくれるというのなら、また次に会った時にしてくれないか？」

「試験？　試験というと、もしや王立学園の入学試験か？」

「そうだけど……ああ、到着したな」

話しながら走り続けて、王立学園の校門に到着した。

校門前に設置されたカウンターでは、多くの受験生が受付をしている。

「ああ！　どうやら、私はまたレストに助けてもらったみたいだな！」

「ん？」

「私もここに来たかったんだ！　もちろん、目的は受験だぞ！」

ユーリが向日葵《ひまわり》のような笑顔で堂々と言い放つ。

「お互い合格できたら、来年から同級生だな！　レストと一緒になれたら嬉《うれ》しいぞ！」

「…………マジで？」

レストは思わず、素の顔でつぶやいた。

どうやら、レストとユーリ・カトレイアという少女の間には奇妙な縁があるようだ。

（悪縁や逆縁じゃないよな……すごい怖くなってきたんだが……？）

レストは背筋に悪寒を感じながら、カバンから受験票を取り出したのであった。

◇　◇　◇

受付を済ませて、受験番号ごとに分けられている教室に入った。指定された席に着く。

ちなみに……ユーリとは別の教室であり、廊下で別れていた。

（それにしても……カトレイア侯爵家の令嬢が平民枠で受験するって、どんな事情があるんだ？　いや、今は余計なことを考えていられる状況じゃないけど……）

ユーリのバックボーンには興味を引かれるが、今は試験のことを考えるべきである。

最初に行われるのは筆記試験だ。ヴィオラやプリムラと勉強してきた成果を出す時がやってきた。

まだ試験開始二十分前だというのに、すでに教室の席のほとんどが埋まっている。

（一つの教室に三十人というところか。つまり、受験生は全部で三百人ほど……）

事前に聞いていた情報によると……平民枠の合格者数は年によって変わるそうだ。

先に貴族枠での試験が行われて、一定のラインに達した貴族は全員合格。

そして、余った枠の分だけ平民の入学者が合格できるのだ。

（平民枠の受験生、三百人は例年通り。合格するのは二割程度という話だったな……）

推薦を受けて入学試験を望んでいる平民の受験生だったが、多くは不合格になる。

合格率が低いのは、学園内に付き人を連れていくため、若い使用人に片っ端から推薦状を渡して受験させる貴族がいるからだ。

高位貴族であれば使用人の質が高くて、確実に合格できる人間を受験させられるが……

下位貴族はそうもいかない。下手《へた》な鉄砲というわけである。

レストは予備も含めた筆記用具を机の上に出し、何度も深呼吸をして心を鎮めた。

精神を研いでいると、やがて教室の前方の扉が開いて教員らしき女性が現れる。

「これより王立学園、平民枠の入学試験を開始いたします」

試験の始まりだ。レストが緊張から背筋を伸ばした。

「最初は筆記試験です。筆記試験は全学部共通の内容で時間は三時間。不正行為をした方は例外なく不合格となり、会場から退出してもらいます」

受験生全員に裏面にした答案用紙が配られる。

教室内に緊張が走った。固唾を飲む音はレストのものか、別の受験生のものか。

「それでは……試験開始！　答案用紙を表にして解答を始めてください！」

受験生が一斉に用紙を表にした。

レストも筆記用具を片手に、問題を解き始める。

（最初は歴史の問題か……『アイウッド王国建国に尽力した五竜将の名前を記載せよ』）

勉強したところだ。すぐさま解答を記入した。

次の問題も、その次の問題も余裕で解ける。答案用紙に並んだ問題はどれもローズマリー姉妹と一緒に学んで、身に付けた知識で解答できるものだった。

（二人には本当に感謝だな……おっと、こっちは魔法史の問題か。『賢人議会の常任理事をしている十二人の賢者のうち、百年以上、その地位に就いている人物を全て述べよ』。

答えはレオナルド・ガスコイン、ヴァアン・ウォーリー、ヌアダ・ケディス、カネヒラ・イ

チジョーの四人だな）

得意分野の問題である。それなりの難問ではあったが、サラサラと答えを書き込んだ。

試験開始から二時間を経過した頃には、全問正解とはいわないまでも九割方を解くことができた。

『レスト君！　終わったら、ちゃんと見直しをするのよ！』

『レスト様、記入欄がずれていないかも確認してください。油断大敵です！』

昨日、ヴィオラとプリムラから言われたことがフラッシュバックする。

レストは苦笑しつつ、「了解」と口の中でつぶやいて見直しを始めた。

余った時間で答案用紙全体をしっかりと見直して、名前や受験番号に間違いがないかも確認をしておく。

「そこまで。試験終了です！」

やがて時間がやってきて、レストは精神的疲労から溜息《ためいき》を吐《つ》く。

すぐさま試験官が答案用紙を回収していくのを、他人事《ひとごと》のような目で見つめた。

「ま、待ってくれ！　あと少し、あと少しなんだ……！」

「ほら、さっさと提出しなさい！」

最後まで執念深く、答案用紙に書き込む人間がいるのも前世のテストと同じである。

受験生の中には、「早く出さないと不合格にするぞ!」と一喝されている者もいた。

(手応えありだ……できることは十分にやったな……)

「ああ! 名前を書き忘れた! ちょ……答案返してええええええええっ!」

教室の隅から哀れな叫びが聞こえるが……レストは我関せずといったふうに瞼《まぶた》の上から目をマッサージした。


筆記試験が終わった後は、短い休憩を挟んで実技試験である。

実技試験は学科ごとに分かれて行われる。レストが受けるのは魔法科の試験だった。

試験官の指示に従って、グラウンドに移動する。

「ホッホッホ。それでは、これから魔法科の実技試験を行うぞい」

グラウンドに移動した百人ほどの受験生を出迎えたのは、立派なローブを着た老人だ。

長い白髭《しろひげ》を生やしており、身の丈ほどもある大きな杖《つえ》を持っている。

少なくとも七十歳は超えているだろうが、腰はしっかりと伸びていて矍鑠《かくしゃく》とした印象だ。

「ワシの名前はヴェルロイド・ハーン。一応ではあるが、この学園の長《おさ》をしておる」

「ヴェルロイド・ハーンだって⁉ 賢者で学園長である人がどうして……!」

受験生の一人が思わずといったふうに声を上げた。

ヴェルロイド・ハーン。

その人物はレストも知っていた。試験勉強の際に読んだ本に記述があったのだ。

世界最高峰の魔術結社である『賢人議会』のメンバーであり、国内最強の魔術師。

平民階級の出身とのことだが、国内の有力者のみならず、他国の王族にだって顔が利く。

『名誉公爵』という位まで与えられており、王族を除けば最高の権力者の一人だった。

「本来は別の教員が試験監督をやるはずだったのじゃがな……その人物は急用ができたと王都を空けていてな。代理で試験官を務めさせてもらう」

髭を撫《な》でながら、学園長が朗らかに笑った。

一方で笑えないのは受験生である。学園長が……世界最高の魔術師の一人が現れたことで、何人かが緊張で固まっていた。

「試験監督が誰であっても、やることに変わりはない。実技試験の内容を説明するぞい」

学園長が手に持っていた杖で少し離れた場所を示した。

グラウンドの地面には白いラインが引かれており、十メートルほど離れた場所に円形の的が立てられている。

「これからそこの線に立って、魔法を使って的に攻撃をしてもらう。あの的には威力を数字として測定する機能があり、出た数字がそのまま点数になる」

事前に聞いていた試験内容と変わらない。貴族枠の試験と同じだった。

「攻撃できるのは一度のみじゃが、魔法を複数回使用しても構わんぞ。どんな魔法を使うのかよく考えることじゃな」

学園長の説明に受験生の大部分が首を傾《かし》げた。

魔法を複数回使用することができる。だけど、攻撃できるのは一度だけ……意味がわからない説明だった。

(ああ……なるほどな)

一方で、レストは言葉の裏側を察して頷《うなず》いた。

(つまり、複数の魔法を組み合わせて攻撃しても構わないわけか)

魔法の多重発動による複合魔法。それは非常に高度な魔法であり、宮廷魔術師の中にもできない人間が多い技術らしい。

そもそも、多重発動自体が難しいのだ。同時に発動させた魔法を組み合わせるなんて困難に決まっている。

(だけど……下級魔法でも組み合わせ次第で上級魔法を超える威力が出ると、ディーブル先生も言っていたな。基本を極めることこそが奥義に繋《つな》がるということか)

「それでは、受験番号順に魔法を撃ってもらう。まずは受験番号二〇〇一のジャック君」

「は、はい！」

純朴そうな少年がラインの前に進み出てきた。深呼吸をしてから、魔法を発動させる。

「【風刃】！」

放たれたのは風属性の下級魔法。風の刃が真っすぐに的に向かっていき、命中する。

「ウム、57点じゃな」

的の上に白い数字が表示される。何もない空中に文字が出てきたが、あれは光魔法による幻術の応用だろう。

「次、二〇〇二のセルジオ君」

「はい……」

学園長に呼び出された受験生が順番に前に出て、魔法を放っていく。

半数以上の受験生の点数を見るに、アベレージは60点というところ。

ほとんどが下級魔法だが……数人だけだが中級魔法を発動している者もいた。

「続いて……二〇六九のユーリ・カトレイア嬢」

「はいっ！」

一際元気の良い返事をして、試験前に再会した赤髪の少女……ユーリが前に出てきた。

（ん……彼女は魔法科の受験なのか？　すごい身体能力だったし、騎士団長の娘らしいから、てっきり騎士科を受験するのかと思っていたんだけど……？）

「おい、カトレイアって……」

「どうして、魔法科に……いや、そもそも、平民枠で受けているのはどうして……？」

受験生の間にざわめきが生じる。

改めて、素性を隠したいのならファミリーネームを名乗るなと言ってやりたい。

「それじゃあ、行きますっ！【石弾《ストーンバレット》】！」

ユーリが手をかざして魔法を発動させた。石のつぶてを相手にぶつける下級魔法だ。

「ハアアアアアアアアアアアアッ！」

ユーリがかなり長い間気合を込めると……ゆっくりと、それはもうゆっくりと、空中に石が生成されていく。たっぷり五分以上もかけて、掌《てのひら》に収まるサイズの小石が生み出された。

「…………マジでか」

レストは思わずつぶやいてしまった。

明らかに魔力が足りていない。

あんな小さな小石を作るのに、ユーリは全身から魔力を振り絞っていた。魔力量だけじゃなくて、発動スピードや出力も並以下である。

（こんな様子じゃ、可哀《かわい》そうだけど合格は無理だよな……）

レストは同情した様子で首を横に振る。

けれど……その直後、誰も予想していなかったことが起こった。

「よし……ええいっ！」

「ええっ⁉　嘘《うそ》だろっ⁉」

あり得ない光景を目にして、レストが声を裏返らせる。

ユーリが空中に生成された小石を摑《つか》んで、そのまま思いきり投擲《とうてき》したのだ。

投げられた石が「ギュインッ」と鋭い風切り音を鳴らして命中して、それまでいくら魔法を撃ち込んでも壊れることのなかった的に大きなヒビを入れる。

的の上に表示された数字は『175』。百点満点が上限ではなかったらしい。

（な、なんという力業……これって、魔法の試験じゃなかったのか……？）

「やった！　最高得点だ！」

啞然《あぜん》とする一同を置き去りにして、ユーリが勝利に喜んでピョンピョンと飛び跳ねる。

『そんなのありかよ』と受験生全員の心が一つになった。

（これは……明らかに反則じゃないか？　失格になるんじゃ……？）

「ホッホッホ、なるほどのう。その発想はなかったわい」

だが……試験監督である学園長が愉快そうに肩を揺らして笑う。

「ウム、魔法で生み出した石を投げてはならないとはルールにないの。下がって良いぞ」

「はいっ！　ありがとうございましたっ！」

どうやら、反則退場にはならなかったようだ。

ユーリが嬉《うれ》しそうに笑いながら下がり、ヒビ割れた的が新しい物に取り換えられる。

「次は……受験番号二一二四。セロリック・ブルート君」

「はい」

「痛っ！」

その後も試験は続いていくが……不意に、「ドンッ」と背中を突き飛ばされる。

「邪魔だ。道を開けろ、平民が！」

レストを突き飛ばしたのは、平民にしてはやけに身なりの良い少年だった。

家名を読み上げられていたことだし、もしかして貴族なのだろうか。

「僕はブルート伯爵家の分家の人間だぞ！　僕が通る道を遮るんじゃない！」

(分家って……あ、つまり平民なのか)

古い貴族の中には、本家から派生した分家を持っている家系がある。分家は本家と同じ家名を名乗っているが、爵位も領地も持っていない平民であることも多かった。

（きっと、この男もそうなんだろうな……同じ平民だっていうのに偉そうなことだ。名前もどことなく『アレ』に似ているし、ろくでもなさそうな奴《やつ》だな……）

セロリックという兄と似た名前を持つ少年に呆《あき》れながら、レストは大人しく道を空けた。

まだ試験も途中だというのに、余計なトラブルを起こすつもりはない。

「フンッ！」

セロリ少年は鼻で笑って、ラインの前に進み出た。

「見ていろ、平民共！　栄えあるブルート伯爵家の血を引いた僕の華麗な魔法を！」

セロリ少年が両手を構えて……強烈な炎撃を放った。

「【炎砲《ファイアボルト》】！」

セロリ少年が放ったのは火属性の中級魔法。激しく燃える炎が的にぶつかった。

偉そうなことを口にするだけあって、それなりに強力な魔法である。

的の上に表示された点数は『１０２』。ユーリを除けば最高得点だった。

「フンッ！　僕にかかればこんなものだな！」

セロリ少年が傲慢そうに笑い、鼻高々と胸を張った。

ズンズンと偉そうに肩で風を切り、受験生の列に戻ってくる。

「次は……受験番号二一二五、レスト君」

「はい」

ようやく、レストの番がやってきた。

ライン前に向かっていくが……後ろから鼻にかかったような嘲笑が聞こえてくる。

「ハハッ！　あんなみすぼらしい平民に何ができるんだか！」

「…………」

声の主はセロリ少年だった。レストの何が気に入らないのか、わざわざ煽《あお》ってきた。

（コイツ、セドリックのクローンじゃないのか？　すごいディスってくるな……）

若干、苛立ってはいるが……心を乱すことはない。レストは大きく深呼吸をする。

「いきます……！」

レストはハッキリと宣言してから、事前に決めておいた魔法を発動させる。

「【火球《ファイアボール》】」

レストの前方に火球が発生した。おなじみ、火属性の下級攻撃魔法である。

「ハハッ！　最下級の魔法じゃないか。平民らしいゴミみたいな魔法だな！」

受験生の中から、揶揄《やゆ》するような声が聞こえてきた。

誰が発した声かなんて確認するまでもないが……集中しているレストは無視をする。

（今のうちに笑っていろよ……すぐに笑えなくしてやるから）

「【増幅《アンプリフィケーション》】」

レストは魔法の威力を強化する魔法を並行発動。

火球が大きくなっていき、やがて人間の身長を超えるサイズになった。

「なっ……！」

「スゲエ、なんてデカさだ！」

他の受験生が驚きの声を上げる。

確認していないが、きっとセロリ少年も唖然としていることだろう。

(だけど……これで終わりじゃないぞ)

「【圧縮《コンプレッション》】」

巨大化させた火球を小さく圧縮させた。

受験生の大多数には何が起こっているかわからないだろうが……炎を圧縮することにより、火力を増大させたのだ。

(この魔法が火球などに対して有効なのは実証済み。そして、極めつきは……！)

「【加速】」

物体の速度を上昇させる魔法。自分自身のスピードを上げることに使うことが多いのだが、これを魔法攻撃に応用する。

四重奏《カルテット》によって極限まで強化させた一撃を的に向けて解放した。

「発射……！」

圧縮されて威力が増した火球が弾丸のような速度で駆け抜ける。

音速に近いスピードで飛んでいった火球が狙い通りに命中、的の中央に命中して大爆発を起こした。

「なっ……！」

「スゲエ……なんて威力だ……！」

「う、嘘だろ……あんな平民野郎に……」

爆炎が消えた後、そこにあったのはバラバラになった的の残骸である。

完全に壊れてしまった的であったが……そこには威力を示す数字だけが残されていた。

点数は『３８７』。文句なしに本試験の最高得点である。

「【加速】は必要なかったか……無駄に速度を付けなくても十分に合格点だったな」

「嘘だ！　下級魔法であんな威力が出るわけがない！　不正をしたに決まっている！」

勝利の余韻に浸る暇もなく、抗議の声が上がる。やっぱりセロリ少年だった。

「不正だ！　無効だ！　僕がこんな平民なんかに負けるわけがない！」

「黙りなさい、そこの君」

激しく抗議するセロリ少年を学園長が叱りつける。

「魔法は圧縮するほどに強くなる。下級魔法であっても、他の魔法で強化すれば上級魔法を超える威力を出すことができるのじゃよ。ましてや四重奏での魔法発動……宮廷魔術師でも使える人間は五人もいまい。見事なものじゃ」

「あ……う……」

「自分より優れた他者を貶《おとし》めるよりも、見習い、学びとするようにしなさい。その方が君自身のためになるじゃろうからな」

「…………」

やんわりとした説教にセロリ少年が悔しそうに黙り込み……八つ当たりのようにレストを睨《にら》んでくる。

「やりましたよ……ディーブル先生」

そんなセロリ少年を一瞥《いちべつ》だけして、レストは会心の試験結果に拳を握るのであった。

実技試験を終えた魔法科の受験生はグラウンドから講堂に移動した。

簡単な面接があるとのことで、自分の順番が回ってくるのを待っているところである。

「おい……アイツは……」

「ああ、あり得ないよな。３００点超えなんて……」

「もしかして、貴族の出身なんじゃないか？　名のある魔術師の落胤《らくいん》とか？」

（少し、目立ち過ぎたみたいだな……まあ、手加減するつもりはなかったが）

講堂で待機している受験生の話題にのぼっているのは、やはり実技試験で最高得点を取ったレストについてだった。

他の受験生の平均が60点であるのに対して、レストの点数は３８７点。アベレージの六倍以上の点数を取っている。

明らかに格の違いを見せつけたことで、変に目立ってしまったようである。

「クソ……どうして僕が……栄えあるブルート伯爵家の血を引いている僕が、みすぼらしい平民に負けるだなんて……！」

受験生の多くが畏怖と興味を込めてレストのことを見つめる中で、セロリ少年だけが憎しみを込めた眼差《まなざ》しを送ってくる。

よほど負けたことが悔しいのか、視線で呪い殺そうとしているような目をしていた。

（いや、別に見すぼらしいと言われるような服じゃないだろ。嫉妬深くて負けず嫌いなところも愚兄に似ているけど、名前が近いと性格の悪さまで似てしまうのか……？）

ひょっとすると、姓名判断というのは当たるのかもしれない。

もしも自分に子供が生まれる日が来たら、しっかりと名前を考えようと心に決めた。

「さっきのはすごかったな！　どうやったら【火球】であんな威力が出せるんだ？」

周りが遠巻きにする中で、ユーリが隣に座って親しげに話しかけてきた。

「複数の魔法を発動させていたようだけど……そこに何か秘密があるのかい？」

「ああ、そうだ多重魔法とか、複合魔法と呼ばれるものだな」

「うんうん。レストはすごい奴だと、初めて会った時から思っていたんだ！　私の目に狂いはなかったな！」

「そっちはそっちですごかったよ……正直、度肝を抜かれた」

まさか、魔法で生み出した石を投擲《とうてき》するとは思わなかった。

あの力業には全受験生が愕然《がくぜん》としたことだろう。ルールの穴を突いた行動、なるほどとは思っても、誰も真似《まね》することはできないはず。

「失礼かもしれないけど……ユーリはどうして、魔法科を受験したんだ？　正直、騎士科の方が向いていると思うんだけど……？」

実技試験の時に思ったが……ユーリはとんでもなく身体能力が高く、対して魔力はほとんどない。

絶対に、間違いなく騎士科の方が向いていると断言できる。

「ああ……騎士科には騎士団のOBが多いからな……」

ユーリの笑顔が曇る。天真爛漫《てんしんらんまん》に見えた表情に陰が差した。

「父の部下だった者達が試験監督では、どうやっても合格はできないからな。せっかく伯母の推薦で受験することができたのに、また家に連れ戻されてしまう」

「父の部下……家に連れ戻される……？」

「い、いやいやいやっ！　違うぞ、違うからな！」

ユーリが慌てた様子で両手を横に振った。

「私は騎士団長の娘ではないからなっ！　家出をして受験なんてしていないからなっ！」

「もういいよ……わかった」

本当に嘘《うそ》がつけない娘だった。

騎士団長の娘で家出中。そして、伯母の推薦で平民枠の試験を受けている。

家出中のため貴族枠では試験は受けられなかったのだろう。

「家族の問題は苦労するよな……お互い、大変だってことで」

「うん……そうだな」

レストの言葉に、ユーリは神妙な顔で頷《うなず》いた。

「機会があれば腹を割って話そう。その時は君の強さの秘密も教えてくれると嬉《うれ》しいな」

「……そうだな。機会があれば」

「次、ユーリ・カトレイア嬢。奥の部屋まで移動してください」

「ああ、私の番だな。それじゃあ、合格したら入学式で会おう！」

「ああ、また」

ユーリがレストに笑顔で手を振り、講堂から出ていった。

単純なようでいて複雑そうな女の子である。

一緒にいると大変そうだし、何かと疲れてしまいそうなのだが……不思議と憎めない。

（入学式で会おう……か。お互い、合格しなくちゃ話にならないよな）

「次、レスト君」

しみじみと思っていると、名前を呼ばれた。レストの順番がやってきたらしい。

講堂から出たレストは試験官の指示に従って、別室に移動する。

十畳ほどの部屋には中央にポツンと椅子が置かれており、前方のテーブルには先ほども会った学園長……ヴェルロイド・ハーンが穏やかな笑顔で座っていた。

テーブルの上には占い師が使うような水晶玉が置かれているが、あれはインテリアか何かだろうか？

「さあ、座りたまえ」

「…………はい」

面接官が二、三人はいるものだと思っていたが……そこにいるのは学園長一人である。

（マンツーマンか……これは逆に緊張するな。侯爵家で一通りの礼儀作法を学んでいるけど、失礼がないようにしないと……）

「そんなに硬くならなくても大丈夫じゃよ。面接などと言っているが、あくまでも参考までに話を聞きたいだけじゃからな」

レストの緊張を見抜いたのか、学園長が朗らかに言う。

「この面接の内容によって落とされるということはないから、安心して欲しい。肩の力を抜いてリラックスして答えれば良いぞ」

「わかりました……」

「それでは、最初の質問じゃ。君はどうして王立学園に入学しようと思ったのかな？」

「…………」

普通の面接であれば……自分の力を向上させるためであるとか、社会貢献のための力や技術を身に付けるためであるとか、当たり障りのない回答をするべきである。

（だけど……不思議と、取り繕ったことを言っても見抜かれる気がするな）

学園長の視線は強くはないが、不思議と心の奥底を見抜かれているような感覚がある。

（変に取り繕わず、正直に話すのが賢明だな……）

「……幸せになりたいんです。成功者と呼ばれるような人間になりたくて」

レストは長い深呼吸の後で、内心を吐露する。

「フム？　どういうことかね？」

「自分は宮廷魔術師であるルーカス・エベルンという男の庶子なのです。十歳で平民の母親が亡くなって父の家に引き取られ、そこで冷遇を受けてきました」

「…………」

「偶然できた縁でローズマリー侯爵家に引き取られましたが……親から愛されなかった、家族であるはずの人間達に虐《しいた》げられた劣等感は今も消えていません」

「父親を見返したいということかね？」

「はい、それが半分の理由です」

レストは頷きつつ、さらに心の奥底にある部分を口から出す。

「それともう一つの理由として、ちゃんとした家族が欲しいという願いがあるんです」

「家族……？」

「はい……思い合うことができる家族、愛し合うことができる家族。ケンカすることはあっても一方的に虐げたりすることはない。心の奥底でちゃんと通じ合える……そんな家族が欲しいんです。できるだけたくさん、たくさん……！」

家族が欲しい。

そして……家族を守れる力が欲しい。

絶対に奪われることがないように……前世で刺し殺してきた父親、現世で虐待してきたエベルン名誉子爵家のような理不尽に奪われないような、圧倒的な力を手に入れたい。

「家族を守れる力が欲しい……自分と大切な人を脅かす、どんな理不尽も握りつぶせるような最強の力が欲しい……！」

口に出してから、ハッと気がついた。

（俺って……こんなこと考えていたのか……？）

それはレスト自身も意識していなかった無意識の願いである。

学園長を前に入学の志望動機を語っているうちに、自然と口からこぼれ落ちたのだ。

「なるほどのう、それが君という人間の根幹か」

レストの話を聞いて、学園長が鷹揚《おうよう》に頷いた。

「他にもいくつかの質問をするつもりだったが……今の言葉で君の人となりを知ることはできた。少し早いが、面接はこれで終わりにしようかのう」

「はい……ありがとうございました」

言わなくてもいいこと、余計なことを言ってしまったような気もするが、学園長の反応は悪くないので良しとしておこう。

「最後に……こちらの水晶に触れてもらえるかな？」

学園長が軽く右手を振ると、テーブルに置かれていた水晶玉がフヨフヨと浮かび上がり、レストの眼前まで飛んできた。

「これは……？」

「まあ、良いじゃろう。触れてみればわかるわい」

「…………」

レストは怪訝《けげん》に思ったが、水晶玉から危険な気配は感じられない。

指先でそっと触れ……その瞬間、まばゆい光が放たれる。

「うわあっ！」

「おおっ⁉」

慌てて指を離すと、一瞬で光は消えてしまった。

「が、学園長⁉　これはいったい……？」

「ああ、この水晶は人が持っている『未来の可能性』を測るマジックアイテムじゃ。その人の成長の伸びしろを測定することができるのじゃが……驚いたわい」

「可能性……？」

「ウム。実技試験であれほどの点数を出して、さらに今の光……早熟というわけではなく、まだまだ成長の余地を残しているようじゃな。素晴らしいことじゃ」

水晶玉がテーブルに戻っていく。

学園長が水晶玉に手を載せると、淡く空気に溶けるほど弱い光を発した。

「ご覧の通り、年を取ったワシの可能性は弱い。じゃが……君はまだまだ未来に可能性を残しているようじゃな。大切に育てるが良いぞ」

「……わかりました。ありがとうございます」

レストは頭を下げた。

よくわからないが……無事に面接を乗り越えたようである。

レストは退室の許可を得て、部屋から外に出た。

◇　◇　◇

面接が終わったら試験終了。そのままの流れで解散である。

試験会場である学園を出た時には、すでに夕刻になって日が暮れかかっていた。

レストは王都の通りを歩いてそのまま帰路につく。レストは受験番号が後半だったため、帰りが遅くなってしまった。

(ヴィオラとプリムラも心配しているだろうし、寄り道せずにすぐ帰宅……といきたいんだけどな)

「……自分に何か用ですか？」

「……気づいてたのか、薄汚い平民め」

学園を出たあたりから、背後をついてくる気配を感じていた。

振り返ると……建物の陰から、一人の少年が現れる。

「君は確か……？」

セドリック……じゃなくて、セロリックだったか。

セロリ少年は親の敵に向けるような憎々しげな目で、レストのことを睨《にら》んでくる。

「さっきはよくも恥をかかせてくれたな！　平民ごときがブルート伯爵家の血を引く僕を馬鹿にして、タダで済むと思うなよ！」

「うわ、すごい逆恨みだ……」

別に恥をかかせたつもりはない。

セロリ少年が得意げに高得点を取った直後、それを上回る点数を取っただけである。

「それで恥をかいたって言ってんだよ！　ふざけやがって……！」

「……それで？　わざわざ文句を言いたくて待っていたのか？」

何というか、ものすごく馬鹿っぽい男だった。

そんな暇があるのなら、勉強とか仕事とかしろよと言いたくなる。

（劣化版セドリックって感じだな……呆《あき》れて感動すらしてくるよ……）

「これでも喰《く》らいやがれ！」

「………！」

叫びながら、セロリ少年は何かを投げつけてくる。

レストは一瞬だけ身構えたが……それはどうやら、手袋のようだった。

「決闘だ！　ぶっ殺してやる！」

「短気かよ……こんなくだらないことで決闘って……」

そもそも、決闘というのは貴族の特権である。

伯爵家の分家の人間とはいえ、タダの平民でしかない男が何をほざいているのだろう。

「うるせえ！　僕が決闘と言ったら決闘なんだよ、死ねえ！」

レストが了承してもいないのに、セロリ少年が掌《てのひら》をこちらに向けて魔法を放ってくる。

レストは咄嗟《とっさ》に防御のための魔法を発動させる。

「【炎砲】！」

地面からせり出した土の壁が、セロリ少年の放った炎撃を受け止める。

「【土壁】！」

「そんな土塊、すぐに壊してやる！」

セロリ少年が叫びながら、再び炎を放ってきた。

二発目の魔法によって土壁が粉々に砕けるが……その後ろにレストはいない。

「なにっ⁉」

「魔法の腕は悪くないんだけど、雑で精彩を欠いているな……そういうところも愚兄にそっくりだよ」

「ガハッ……⁉」

土壁で相手の注意を引いて、その隙にレストは素早くセロリ少年の背後に回り込んだ。

鋭い脚払いをかけつつ、頭部を摑《つか》んで地面に押しつける。

「ぐ、ううう……！」

「はい、勝負あり。この決闘は俺の勝ちで問題ないよな？」

「そんな……伯爵家の血筋であるこの僕が、平民ごときに……！」

「君も平民だろうが。つくづく、呆れるな……」

セロリ少年を地面に押さえつけつつ、レストが溜息《ためいき》を吐《つ》く。

どうして、こういった貴族もどきは自分の地位や血筋へのこだわりが強いのだろう。

純粋な貴族であるヴィオラやプリムラ、それにユーリなどは下々に対しても寛大な性格をしているというのに。

「……君と同級生になるかもしれないと思うと、学園生活が不安になってくるよ」

「クソ……こんなことして、無事で済まされると思ってるのか……⁉」

「ん？」

「僕は伯爵家ゆかりの人間だぞ……！　僕が寄親であるブルート伯爵に進言したら、お前なんてすぐに破滅だ……！」

地面に倒れたまま、セロリ少年がキャンキャンと犬みたいに喚《わめ》く。

「お前も、お前の家族も、恋人だって無事では済まさないからな！　全員、貴族への侮辱罪で牢屋《ろうや》送りにしてやるぞ！」

「あら、レスト君。こんなところにいたのね」

呪いの言葉を吐くセロリ少年だったが……そこで第三者の声が割って入ってきた。

道に馬車が停《と》まって、そこから一人の少女が顔を出したのだ。

「なかなか行き会わないから、どこかで入れ違いになったかと思ったわよ」

「ヴィオラ？　どうしてここに？」

すぐ傍《そば》に停車したのは、ローズマリー侯爵家のエンブレムが入った馬車である。

馬車の窓からヴィオラが顔を出し、レストに笑顔で話しかけてきた。

「今日はレストランで夕食を摂《と》ることにしたの。もちろん、プリムラやお父様達も一緒よ。途中でレスト君を拾っていこうと思って探していたの」

レストはしばらく前から、侯爵家の面々と一緒に食事を摂るようになっていた。

平民の使用人にあるまじきことだが……そうしなくては、ヴィオラとプリムラが両親と一緒の食卓に着いてくれないからというのが理由である。

「レスト様、試験はどうでしたか？」

ヴィオラの肩越しにプリムラも心配そうな顔を覗《のぞ》かせる。

「ああ、バッチリだよ」

「良かった……安心しました」

「レスト君だったら当然よね……ところで、その男の子は誰かしら？」

ヴィオラがレストに押さえ込まれているセロリ少年に目を向ける。

「ろ、ローズマリー侯爵家の家紋だって……!?」

セロリ少年が愕然《がくぜん》とした顔になり、カタカタと歯を鳴らす。

先ほどまで自分が伯爵家の血筋であると自慢していたが、それ以上の地位にいる侯爵家の登場に焦った様子である。

「試験で会った知らない人だよ。決闘を挑まれたから倒したところだ」

「ほう、決闘とは穏やかではないな」

「旦那様……」

姉妹が引っ込み、代わりに侯爵家の当主であるアルバートが顔を出す。

「そこの君。決闘ということは貴族家の人間だね？　どちらの家中の者か名乗りたまえ」

「へ……あ……それは……」

「……早くしなさい！　私に無駄な時間を取らせるな！」

「は、はひっ！　ブルート伯爵家の者ですっ！」

恫喝《どうかつ》されて、セロリ少年が慌てて名乗る。

レストが押さえ込んでいたセロリ少年を解放すると……慌てた様子で起き上がり、馬車に向かって両手をついて土下座した。

「フム、ブルート伯爵の息子か？　あの家に君くらいの年齢の少年はいなかったが……」

「い、いえ……その……伯爵家の人間といいますか、分家の人間でして……」

「ほほう、それでは君の家の爵位は？」

「……ありません」

「つまり、平民ということか？　平民がどうして決闘などと言い出したのかね？」

決闘の勝敗によって正義を示すのは貴族の特権である。

決闘を挑まれた側も貴族でなければならず、代理人を立てることは許されても断ることはできないのが不文律だ。

「貴族でもない平民が当家の人間に決闘を強要したということは、つまり傷害の現行犯ということになるな」

「い、いいえ、でも……僕は伯爵家の血筋ですし、ブルートの名前を名乗ることも許されていますから……」

「それでも平民には違いあるまい？　間違っているのかね？」

「うぐ……」

セロリ少年が黙り込む。

アルバートの言葉は完全な正論であり、言い返す言葉もないようだ。

「………………」

「……まあ、いい。今回の件はブルート伯爵家に直々に抗議しよう」

「そ、そんな……」

「これから家族で食事なんだ……これ以上、余計なことに煩わされたくはない。レスト君、早く馬車に乗りたまえ」

「わかりました」

レストは項垂《うなだ》れるセロリ少年に同情の一瞥《いちべつ》を送り、さっさと馬車に乗り込んだ。

馬車にはローズマリー夫妻が並んで座っていて、対面にヴィオラとプリムラが腰掛けている。

「レスト君」

「こちらへどうぞ」

姉妹が笑顔で間の座席を叩《たた》いてくる。レストは抵抗することなく、二人の間に座った。

「では、出してくれたまえ」

「畏《かしこ》まりました」

アルバートが御者に指示を出し、馬車を走らせる。

地面に突っ伏しているセロリ少年を残して、馬車は無情にも走り出したのであった。

第七章　決別と決戦

入学試験が終わって、一ヵ月後。

試験結果が郵送で、ローズマリー侯爵家のタウンハウスに届けられた。

貴族枠と平民枠では試験の日程こそ違うものの、合格発表のタイミングは同じ。

屋敷に届けられた通知書は三通。それぞれ、レストとローズマリー姉妹宛てである。

「私は……合格よ！」

「私もです。合格って書いてあります……！」

屋敷の談話室にて。結果が書かれた通知書に目を通して、ヴィオラとローズマリーが安《あん》堵《ど》の声を漏らす。

「え、えっと……」

「レスト様……？」

そして……二人は恐る恐るといったふうに、レストの方に目を向けてくる。

「…………」

姉妹の視線を受けて……レストはしばしの沈黙の後、笑顔になって口を開く。

「……合格だよ。受かっていた！」

「「やったあ！」」

レストが通知書を見せると、姉妹が手を取り合って華やいだ歓声を上げた。

「これで私達、春から同級生ね！」

「嬉《うれ》しいです！　とっても嬉しい……！」

二人とも満面の笑み。目尻には涙の粒まで浮かんでいる。

レストは自分よりも喜んでくれる二人に、胸が温かくなるのを感じた。

（本当に……合格できて良かった……！）

これで人生の新しい一歩を踏み出すことができる。

ヴィオラやプリムラ、ディーブル、ローズマリー夫妻の期待に応えることもできた。

「これも全部、二人のおかげだ……俺をこの屋敷に置いてくれて、本当にありがとう」

「レスト君……」

「レスト様……」

「あの日、あの森でヴィオラとプリムラに出会えたことが、俺の人生で最高の幸運だったよ。君達に会えて良かった……！」

「「……………！」」

素直な気持ちを伝えると、ヴィオラとプリムラが感極まったような顔になる。

宝石のような美しい瞳には大粒の涙が浮かんでいた。

「レスト君、それって……」

「わ、私達のプロポーズに応えてくれるということですか……？」

二人が期待と不安に瞳を揺らしながら、恐る恐るといったふうに訊《たず》ねてくる。

「その答えだけど……最後の決着をつけてから、ちゃんと俺の口から告げるよ」

「決着……？」

「ああ、決着だ」

レストはしっかりと頷《うなず》いた。

答えはとうに決まっている。覚悟だってできた。

だけど……二人のプロポーズに答える前に、どうしてもやっておかなくてはいけないことがあった。

「明日、俺はエベルン名誉子爵家へ行ってくるよ……家族と最後の決着をつけるために」

「「……………！」」

姉妹が息を呑《の》んだ。

大事な話を先延ばしにして申し訳ないが……レストにとって、大事なことである。

エベルン名誉子爵家と決着をつけなくては、レストは前に進めない。

人生の新しい一歩を踏み出すために、あの毒家族との決別は不可欠なのだ。

「帰ってきたら、二人に伝えたいことがある。だから、もう一日だけ待ってくれないか？」

「わかったわ、レスト君……！」

「レスト様、どうかお気をつけて……！」

ヴィオラとプリムラがレストの傍に寄り添って、包み込むように微笑《ほほえ》みかける。

「「「………」」」

自分達だけの世界を展開している三人であったが……談話室には、姉妹の両親にディーブルを始めとした使用人達もいた。

彼らは生温《なまぬる》い空気に、微笑ましいような、居心地が悪いような、微妙な表情を浮かべていたのであった。

◇　◇　◇

レストは学園入学について報告するべく、実家であるエベルン名誉子爵家に向かうことにした。

「いいのかね、レスト君。望むのならば、私が立ち会っても良いのだが？」

「ええ、問題ありません」

出発前にアルバートに問われたが、レストは堂々と胸を張って答えた。

「あの家との最後の決着はこの手でつけたいですから。いくらお世話になった旦那様といえども、譲るつもりはありません！」

「そうか……すでに先触れは送ってある。ローズマリー侯爵家の人間が訪ねると伝えてあるが、君の名前は出していない。さぞや驚くことだろうな」

アルバートが意地悪く苦笑する。

溺愛している娘達を危ない目に遭わせた恨みは、まだ忘れていないようである。

「何かあれば私が責任を取るから、好きなように暴れてくると良い」

「はい。寛大なお心遣い、感謝いたします」

別に暴れるつもりはないのだが……アルバートの気遣いに頭を下げて、レストはローズマリー侯爵家の馬車で実家に向かう。

あえて馬車を使わずとも走っていける距離だったが、名誉子爵家の人間達に侮られないようにと馬車を貸してくれたのである。

（ようやく、この時が来たか……）

馬車に揺られながら、レストは物思いにふける。

ローズマリー侯爵家に引き取られて一年。母親が病で命を落として、エベルン名誉子爵家に飼われるようになってから五年が経《た》っている。

（いや、違うな……もっとだ）

エベルン名誉子爵家との因縁が始まったのは、もっと前。

レストが生まれた時から……否《いや》、父親がメイドとして働いていた母親を手込めにして、無理やり孕《はら》ませた時まで遡るだろう。

そんな因縁にも今日で決着がつく。今のレストはやられっぱなしで泣き寝入りするサンドバッグではない。彼らに馬鹿にされないだけの力を手に入れたのだから。

（別に復讐《ふくしゅう》をしたいと思っていたわけじゃないさ。それでも、自分を踏みにじっていた連中の鼻をあかさなくちゃ、新しい人生を歩めない……！）

「着きましたよ、レスト様」

「ありがとう」

馬車が停《と》まり、御者台から声がかかった。

少し前までは「さん」呼びをしていた使用人が「様」付けで自分を呼ぶのを聞くと、改めて自分が特殊な立場の人間になろうとしているのだと感じ入る。

「フッ……」

レストは短く息を吐いてから、立ち上がって馬車から降りた。

「い、いらっしゃいませ！」

一年ぶりになるエベルン名誉子爵家の屋敷。

敷地の門扉の前に立っていたのは、貼りつけたような笑みの父親……ルーカス・エベルンだった。先触れを出していたため、門前で待ちかまえていたのだろう。

横には夫人の姿もあった。後ろに使用人を並べて、頭を下げて挨拶をしてくる。

「本日はよくぞお越しくださいました！　ローズマリー侯爵家の………へ？」

恭《うやうや》しく挨拶の文言を口にするルーカスであったが、自分が頭を下げている相手の正体に気がついたらしい。顔を引きつらせ、大きく瞳を見開いて固まった。

（ああ……一応、俺だってわかるんだな）

レストが皮肉そうに苦笑する。

今のレストはこの屋敷にいた時とは比べ物にならないくらい身綺麗《みぎれい》になっており、食事が改善したことで体格も良くなっている。

馬小屋生活をしていた頃とは別人のように変わっているはずなのだが、それでもルーカスにはそれが不肖の息子であるとわかったらしい。

（腐っても父親というわけか……鬱陶しい話だよな）

「ば、馬鹿な……何故《なぜ》、どうして貴様が……!?」

「ごきげんよう、名誉子爵殿」

愕然《がくぜん》としているルーカスに、レストがうっすらと微笑《ほほえ》んだ。

「今の俺はローズマリー侯爵家の預かりとなっています。本日もこうして、侯爵家のエンブレムが入った馬車を貸していただいて参りました。それで……先ほどの『馬鹿』というのは何に対してのものですか？」

「ッ……！」

ルーカスが顔を青ざめさせた。

いかに親子といえど、今のレストはローズマリー侯爵家の関係者として立っている。

たかが名誉子爵ごときに無礼な口を利かれる筋合いはない。

「し、失礼いたしました。失言をお許しください……」

「ど、どうされたのですか、旦那様？　あの方がいったい……？」

夫人……リーザ・エベルンが困惑した様子で訊ねる。

彼女は自分達が出迎えている人間がレストであると気づいていないようだ。

「ええ、許しましょう。過ちは誰にだってありますからね」

「……御慈悲に感謝いたします」

ルーカスが屈辱に表情を歪《ゆが》めながら、震えた感謝の言葉を絞り出す。

隣の夫人は困惑しっぱなしで、レストと夫の顔の間で視線をさまよわせている。

（セドリックがここにいなくて良かったな。絶対に余計なことをやらかしてたぞ？）

そういえば……どうして、あの男はここにいないのだろう。

ローズマリー侯爵家の姉妹を危険な目に遭わせたことが気まずくて、引っ込んでいるのだろうか？

「それでは、奥に案内していただけますか？」

「……承知いたしました。こちらへどうぞ」

渋面の父親に先導されて、レストは良い思い出のない実家に帰省を果たした。

父親に先導されて、そのまま応接間へと通される。

「え、ええっ!? 嘘《うそ》よ、あの男性が薄汚いメイドが産んだゴミだなんてっ！」

「奥様、お静かに！」

廊下では遅れてレストの正体に気がついた夫人が金切り声を上げており、執事に押さえ込まれていたが……無視してソファに座る。

対面のソファにはかつて父と呼んだ男が座っていた。疑問と困惑を蒼褪《あおざ》めた顔に浮かべて、膝の上で握りしめた両手をワナワナと震わせている。

「……お久しぶりですね。エベルン名誉子爵殿。それとも『父上』とでもお呼びした方がよろしいですか？」

「…………」

揶揄《からか》うような口調で問うと、ルーカスが眉間のシワを深くさせた。

以前であれば怒鳴られるか詰《なじ》られるか、あるいは殴られるかだろうが……現在のレストはローズマリー侯爵家の人間となっている。

身分証の有無など関係ない。ローズマリー侯爵のエンブレム入りの馬車で訪れたレストに暴力など振るおうものなら、エベルン名誉子爵家は跡形もなく吹き飛ぶだろう。

「まさか、あー……君がローズマリー侯爵の名代《みょうだい》として現れるとはな。順調に出世しているようで何より、です……」

「そちらはお変わりないようですね。ところで……セドリックの姿が見えませんけど、今日はどちらにいるのですか？」

「それ、は……」

「久しぶりに会いたいですね。留守ですか？」

「…………」

　ルーカスが黙り込む。苦虫を口いっぱいに詰め込んで顔を殴られたような苦い顔だ。

（タイミングから考えると、やはり入学試験の結果が関係あるんだろうな……）

　レストはセドリックがいない理由を予想しながら、本題に入った。

「まあ、いいでしょう。そんなことより……今日は大切な報告があって参りました」

「……聞きましょう」

「先日、王立学園の入学試験の結果が発表されたのはご存知《ぞんじ》ですよね？　俺も試験を受けて合格でしたので、来年度から新入生として入学します」

「なっ……⁉」

「嘘よ！」

　ルーカスが声を裏返らせ、部屋の入口で執事に押さえ込まれていたリーザがガラスを引っかいたような甲高い声を上げる。

「馬鹿な……私はお前が試験を受けるなど聞いていないぞ……！」

　思わず『お前』などと口にしてしまったようだが、そこはスルーして話を進める。

「平民枠での受験ですからね。そもそも……俺の親権はローズマリー侯爵に譲渡されていますし、報告は必要ないでしょう？」

「ぐ、ううう……それはそうだが、親子としての報告は……」

「親子として？」

レストがスウッと目を細めた。唇を歪めて、皮肉を込めて口にする。

「親子として？　俺と貴方《あなた》達に親子としての関係が存在しましたか？」

母親が亡くなってから、エベルン名誉子爵家に引き取られることになったが……親子らしい行為はそこまで。名誉子爵家ではずっと馬小屋で暮らしており、食事を犬食いさせられるという侮辱的な扱いも受けていた。

そんな自分達に、今さら親子としての情が存在するとでも思っているのだろうか？

「ウッ……グッ……それは、そうだが……」

「そんなのあり得ないわよ！　だって……あの子が、セドリックが不合格だったのよっ⁉　それなのに、卑しいメイドから産まれた出来損ないが合格するなんてあり得ないわ！」

「だ、黙らんか。リーザ！　騒ぐのなら外に出ていなさい！」

暴言を口にする妻にルーカスが一喝した。

やはり、セドリックは不合格だったらしい。夫妻の態度や屋敷の雰囲気から予想はしていたが、それが確実なものになった。

（セドリックは勉強が苦手だったからな。ヴィオラとプリムラの話では、実技試験でもヘマをやったらしいし……それほど不思議でもないか）

魔法だけが取り柄で、魔法の才能があったがゆえに甘やかされてきた腹違いの兄。

さんざんレストのことを侮辱して、ローズマリー姉妹を危険な目に遭わせた傲慢な男は、見事に高転びをしてしまったらしい。

「ちなみに、学科は魔法科です」

レストはさらなる爆弾を投下すると、夫妻が再び爆発する。

「魔法科、だと……そんな馬鹿な！」

「嘘よ！　嘘嘘嘘嘘っ、そんなことあるわけないわあっ！」

エベルン夫妻にとって、それは許されない言葉だったのだろう。

レストが合格したのが、騎士科や文官科といった他の学科であれば許せただろう。

けれど、魔法科は認められない。セドリックが天才的な魔法の才能を持った愛すべき息子であり、レストは魔力無しの出来損ない。

それが夫妻にとっての絶対的な法則。変わってはならない不変の事実だったのだから。

「ど、どうして……貴様は魔力を持っていなかったはず……魔力を持たない人間が魔法科に入学するだなんて……悪夢だ……」

「何で、どうしてっ⁉　セドリックが不合格になった魔法科にクズでゴミの汚らしいガキが合格するなんて……⁉　間違いよ、こんなことがあっていいはずがないわ！」

ルーカスが頭を抱えて、リーザはキャンキャンと鳴きながら暴れて執事に羽交い絞めにされている。

よほどレストが投げた爆弾が効いているのだろう。

放置したらどこまで錯乱するのか試してみたくなるほど、みっともない夫妻である。

(ヤバいな、何だか楽しくなってきたぞ……俺ってこんなに意地が悪かったんだな……)

「事実ですよ。これを見ればわかるでしょう?」

レストが人差し指を立てると、頭上に赤、青、黄、緑の四色の球体が浮かぶ。

【火球《ファイアボール》】【水球《ウォーターボール》】【土球《アースボール》】【風球《ウインドボール》】……四つの魔法の同時発動。

いずれも下級魔法ではあるものの……仮にも宮廷魔術師であるルーカスに、その意味がわからないわけがない。

「四重奏《カルテット》だと……!?　宮廷魔術師でも困難な高等技術をどうして……!」

火、水、風、土……四属性の魔法の同時発動。

それを見て、レストの合格が嘘ではないと理解させられたのだろう。ルーカスは哀れに思えるほどに絶望した表情になって目を剝《む》いた。

「お、お前は……魔力無しではなかったのか……?」

「自分が魔力測定をしたのは赤子の頃でしょう?　魔力は成長するにつれて増えるものだ

と知っているはずです」

「だ、だが……ここまで劇的に増えるだなんて……それに、四つの魔法を同時に使えるなんて、何という才能だ……セドリックよりも、ずっとずっと……」

ルーカスはしばし呆然《ぼうぜん》としてブツブツとつぶやいていたが……やがてグッと息を呑《の》んで、改めてレストに向き直った。

「お前……いや、レスト……」

「…………？」

父親から名前を呼ばれた。もしかすると、生まれて初めてかもしれない。

レストが驚いて目を瞬かせていると、ルーカスが血を吐くような苦い表情で言う。

「……家に戻ってこい。そして、名誉子爵家の跡継ぎになれ」

「貴方っ⁉」

レストが反応するよりも先に、リーザが叫んだ。

「どういうことですか⁉　エベルン名誉子爵家を継ぐのはセドリックのはずですよ⁉」

「……セドリックには無理だ」

「なっ……！」

「セドリックは王立学園の入学試験に落ちてしまった。学園に入学できなければ、宮廷魔術師になるのは絶望的。奴が家を継いだとしても、この家は子爵家にはなれない……」

名誉子爵という爵位は役職に付随した仮初《かりそめ》の物。ルーカスが宮廷魔術師だからこそ、名乗ることを許されている一代限りの地位である。

　セドリックが宮廷魔術師になることができれば、祖父から三代続けて名誉子爵を叙爵したことにより、特例で正式な子爵位を賜ることができるのだ。

「セドリックが宮廷魔術師になれなければ、我が家は没落だ。平民落ちを避けるためにも、レストに継いでもらわなくては困る」

「そんな……セドリックを見捨てるつもりですか⁉」

「だったら、どうしろというのだ！　入学試験に落ちた奴が悪いのだろうが！」

「セドリックはたまたま調子が悪かったのです！　本調子なら受かっていたはずっ！」

「そうだとしても不合格の結果は取り消せぬ！　アイツは宮廷魔術師にはなれない！」

　レストの前で、夫妻が言い合いを始めた。

　王立学園に入学できなくても、宮廷魔術師になる手段がないわけではない。

　平民として何らかの功績を挙げて、叙爵してもらう方法だってある。

（だけど……それは狭き門だ。力と賢さと運を兼ね備えた人間でなければ難しいだろう）

　心を入れ替えて、一からやり直すつもりで努力をすれば話は別だが……それができるだけの勤勉さをセドリックが持っているとは思えなかった。

「レスト……名誉子爵家を継いでくれ。優秀な成績で学園を卒業して宮廷魔術師となって、この家を子爵にするのだ。私の悲願を成就してくれ……！」

ルーカスの表情は苦渋に満ちている。

ずっと馬鹿にしてきた息子に縋《すが》らなくてはいけないのが、屈辱で仕方ないのだろう。

(だけど……俺はそれ以上の屈辱を味わってきた！　俺だけじゃない。母さんも酷《ひど》い目に遭わされてきたんだ……！)

「お断りします」

だから、レストは断固として拒否する。

目の前の男の頼み事など、一つとして聞いてやるつもりはなかった。

「な、何故《なぜ》だ……？　お前にとっても悪い話ではない。子爵として家を継げるのだぞ？」

「こんな家を継ぐのは真っ平ごめん。貴方の後を継いで子爵になるくらいなら、一生平民でいた方がマシですよ」

「なっ……き、貴様！」

「貴様……？」

レストは酷薄に笑う。

情など欠片《かけら》もない冷酷な瞳で父親を見据えて、テーブルを叩《たた》いた。

「『貴様』というのは俺のことですか？　俺に向かって、『貴様』と呼んだんですか？」

「ヌッ、グウッ……そ、それは……！」

今さら、レストがローズマリー侯爵家の人間であることを思い出したらしい。

ルーカスの顔がどんどん蒼褪《あおざ》めていった。

「俺は王立学園に入学する。だけど、それはエベルン名誉子爵家の人間としてではない！　アンタはもう俺の父親なんかじゃないんだよ！」

レストはソファから立ち上がった。

呆然としているルーカスを見下ろして、冷たく告げる。

「終わりだよ……もう、アンタらと関わりになることはないだろう。没落でも何でも、勝手にするといい。俺は知らない」

報告はした。決別も済ませた。母親や自分をないがしろにしたことについて、この程度でチャラにはならないが……死体を蹴る趣味はない。

(自慢の息子のセドリックが失敗して、子爵になるという彼らの悲願も潰《つい》えた……満足はしていないが、これ以上は蛇足だな)

「それじゃあ、報告は以上だ。さようなら」

「それは……う、ぐう……」

「……嘘《うそ》よ……嘘よ……」

ルーカスが頭を抱えて項垂《うなだ》れ、リーザが泣き崩れている。

レストは興味を失ったように彼らから視線を外して、応接間から出ていった。

「……」

「ああ……盗み聞きでもしていたのか？」

そこで最後の因縁の相手と遭遇した。廊下にセドリックが呆然と立っていたのだ。

「合格、しただって……お前が、王立学園に……？」

「ああ、そうだよ」

「俺が落ちたのに……お前が……？」

「俺は春から新入生として学園に通うことになる。ヴィオラとプリムラも一緒だ」

「…………！」

表情が抜け落ちていたセドリックであったが……クシャリと憎悪に顔面を歪める。

「あ、アイツらは……あの女達は俺の物だ！」

「は……？」

「そ、そうだ……俺の物、俺の婚約者になるはずの女だったのに、どうして……！」

「……寝言は寝て言えよ。この愚兄が」

ローズマリー姉妹の所有権を主張しだしたセドリックに、レストが目を吊《つ》り上げた。

一度会っただけ、しかも嫌われている女性を、どうして自分の物だと主張できるのだ。

あまりにも酷い妄想を語る兄に、レストの胸にも怒りが生じる。

「二人はお前のことを嫌っているよ。お前と婚約することは絶対にない」

「……嘘だ」

「嘘じゃない。旦那様……ローズマリー侯爵様もお前を嫌っている」

現実を受け入れられない様子で首を振っているセドリックに、レストは重ねて告げる。

「お前は学園に落ちた。宮廷魔術師にもなれない。ヴィオラとプリムラと婚約もできない。子爵にもなれない」

「違う……嘘だ、嘘だ……」

「嘘じゃない。現実を受け止めろ」

「嘘だ！　嘘だ嘘だ嘘だ、嘘だアアアアアアアアアアッ！」

セドリックがブンブンと首を振って叫ぶ。まるで子供だ。

憎い相手だというのに、ここまで無様だと哀れみすら湧いてくるから不思議である。

「もしも、自分が間違えたと少しでも思っているのなら……天才だとかいう傲慢さを捨てて一から出直すんだな。名誉子爵家のことも、魔法の天才だと持て囃《はや》されたことも忘れて、ただのセドリックとしてやり直せ」

「…………」

「それじゃあな」

魂が抜けたような顔で固まっているセドリックに背を向けて、レストはエベルン名誉子爵家から出ていったのであった。

◇　◇　◇

「……嘘だ」

レストの背中を見送って、セドリックは呆然としながらつぶやいた。

応接室から父と母のすすり泣きが聞こえてくるが……部屋に入ることなく、放心した様子でフラフラと廊下を歩いていく。

「セドリック様、どこへ……ガハッ！」

「うるさい……」

執事が話しかけてきたが、セドリックはその顔面を殴りつけた。

魔法によって強化された拳で殴られ、顔面をグチャグチャにした執事が廊下に倒れる。

「キャアアアアアアッ！」

「せ、セドリック様が乱心したぞ！」

メイドや他の執事が叫びながら、怪我人《けがにん》の介抱をする。

セドリックは構うことなく廊下を歩いていってしまい、とある部屋の前で立ち止まる。

ポケットから取り出した鍵で扉を開ける。

カビ臭い部屋の中には大きな棚があり、いくつもの木箱が安置されていた。

『禁忌庫』と呼ばれるその部屋には、呪われたマジックアイテムが保管されている。

宮廷魔術師にはいくつかの仕事があるのだが……ルーカスに任されている職務は、危険なマジックアイテムの管理である。

禁忌庫には、王宮に置いてはおけない呪いの品々が封じられていた。

部屋の主《あるじ》はもちろん、ルーカスだったが……いずれ自分の跡を継ぐのだからと、セドリックにも合鍵が渡されていたのだ。

「……アイツのせいだ」

禁忌庫の棚からとある木箱を手に取り、セドリックがつぶやく。

「全部全部、アイツのせいなんだ……アイツが屋敷からいなくなってから、何もかもおかしくなった。だから、間違いは正さなくちゃいけないんだ……！」

セドリックが厳重に封じられた木箱を開けると……中には、黒い杖《つえ》が入っていた。

その杖は禁忌庫に保管されているマジックアイテムの中でも特に危険なもので、太古の時代に悪魔を封じ込めた物だといわれていた。

セドリックはかつて、父から杖を見せてもらったのだが……それ以来、どうしてもそれを手に入れたくて堪《たま》らなくなっていた。

危険な物だから触らないようにと父から言われ、ずっと我慢していたのだが……精神の均衡を欠いた今のセドリックには、誘惑に逆らうだけの意思はなかった。

「ああ……この力、この力こそ、天才であるオレに相応《ふさわ》しい……！」

黒い杖を手に取ると……途端、身体《からだ》の奥底からあり得ない力が溢《あふ》れてくる。

杖を握った右手が瘴気《しょうき》のようなオーラに汚染されていくが……セドリックは恍惚《こうこつ》とした表情になっていた。

「間違いは正さなくちゃいけない……そうだ、オレにはその力と資格があるんだっ！」

セドリックがニチャリと笑い、杖を懐に入れる。

廊下で母親や使用人から呼び止められたような気がするが……足を止めることはなく、レストを追いかけて屋敷から出た。

「用事は終わりました。出してください」

「わかりました」

馬車に戻ったレストは、もう用はないとばかりに馬車を発進してもらう。

「…………」

馬車の座席に座り、窓に頬杖《ほおづえ》をついて外の景色を眺める。

レストの脳裏に浮かんでくるのは、エベルン名誉子爵家の屋敷での出来事。

父親が絶望に沈み、義母が錯乱して金切り声を上げ、呆然《ぼうぜん》とするセドリックの姿である。

自分を虐《しいた》げてきた人間に打ち勝った。彼らにギャフンと言わせてやった。

肩の荷が下りたような感覚がある。やり遂げたという清々《すがすが》しさも。

(だけど……何だろうな、この物足りない気持ちは)

「ハア……」

レストは溜息《ためいき》を吐《つ》いた。

ようやく、因縁を断ち切ったというのに……心の真ん中に穴が開いたような気分だ。

復讐《ふくしゅう》なんてしても誰も救われない。虚《むな》しくなるだけだと前世で読んだ本に書いてあったが……どうやら、本当だったようである。

こんな空《むな》しい気持ちをずっと抱えていくのかと思ったレストであったが……頭に二人の人間の顔が浮かんでくる。

「ヴィオラ……プリムラ……」

何故《なぜ》だろう。無性に二人に会いたくなってきた。

根拠はないが……彼女達に会えば、心に開いた空白が埋まるような気がする。

レストは御者にお願いして、馬車を急がせてもらおうとするが……ふと、感じるものがあって別の指示を出した。

「すみません、停《と》めてください」

「え？　あ、はい」

御者台に向かって声をかけると、すぐに馬車が停止する。

「ここで降ろしてください。先に帰っていてもらえますか？」

「別に構いませんけど……どうかされたんですか？」

「ええ、ちょっと用事ができたみたいでして。お手間をかけます」

御者に謝って馬車から降りる。馬車が再び走り出し、曲がり角に消えていく。

「やれやれ……しつこい奴《やつ》だ」

レストが【身体強化《フィジカルアップ》】を使い、地面を蹴って走り出す。

後ろからついてくる気配を感じながら、王都を出て人気《ひとけ》のない森までやってきた。

「……ここまで来れば、問題ないか」

「ハア……ハア……」

「よお、セドリック。お疲れみたいだな」

息を切らして、レストの前に現れたのは腹違いの兄……セドリック・エベルンだった。

レストが屋敷を出てから、馬車を追いかけてきたようだ。【気配察知《ライフサーチ》】で警戒する癖をつけていなかったら気がつかなかっただろう。

「正直、追いかけてくるとは思わなかったよ。まだ、言い足りないことがあったのか？」

「……殺す」

セドリックの返答はシンプルだった。真っ赤に充血した瞳には言葉の通りに明確な殺意が浮かんでおり、仇敵《きゅうてき》を見るようにレストを映している。

「……そこまでお前に恨まれるような理由はないんだけどな」

どちらかと言えば……恨み憎む理由があるのはレストの方である。

幼い頃から何発も、何十発も魔法を撃ち込まれて虐げられてきたのだから。

「殺してやる……全部、全部、お前のせいだ……お前さえ、ローズマリー侯爵家に引き取られなければ、何もかも上手《うま》くいってたんだ……」

「はあ？」

「お前が勝手に家から出ていかなければ、オレは学園の入学試験でも合格していたんだ！　ヴィオラとプリムラだって、オレの物になるはずだったんだよ！」

「二人を呼び捨てにするなよ。不愉快だ」

レストは愚かな兄に向けて、軽蔑しきったような目を向ける。

「彼女達はお前の物じゃないし、お前が不合格だったのは自己責任だ。俺は関係ないだろ。八つ当たりするんじゃない」

「ウルセエ！」

セドリックが怒鳴りながら、その場で地団太を踏んだ。

「クソがあ！　こんなはずじゃなかったんだ！　お前さえいなければ、お前さえ、オレは宮廷魔術師に……クソクソクソッ！　オレを馬鹿にするな、どいつもこいつも、オレは最強の魔術師だぞ！　地位も名誉も女も何もかもを手に入れる男なんだ！」

「…………」

「父上からは失望されるし、母上には泣かれるし……そうだ、オレは悪くない！　何もかもおかしくなったのはお前がいなくなってからだ！　だから、お前のせいなんだよ！」

「……もう、ダメだな。コイツは」

完全に折れている……なんて打たれ弱い男なんだろう。

セドリック・エベルンは幼少時から親に甘やかされるだけ甘やかされ、弱者を虐げて生きてきた。セドリックは人生における挫折を知らない。決定的な失敗を経験していない。

ローズマリー姉妹を森に連れ出し、危険な目に遭わせたことですら……この男の中では、運が悪かっただけで失敗としてカウントされていなかった。

だから……弱い。脆《もろ》い。情けない。失敗に打ちのめされ、絶望に苦しんだことのない心はあまりにも弱々しく、たった一度の挫折の前に容易《たやす》く心が折れてしまったのである。

「殺してやる、殺してやる、殺してやるぞお……！」

「ん……？」

狂ったように殺意をばら撒《ま》いているセドリックが、懐から杖を取り出した。

不気味な杖だ。まるで人間の悪意で染めたようにどす黒い色をしている。

杖からは禍々《まがまが》しい瘴気のようなオーラが漏れており、尋常の品ではないことがわかる。

「何だ、その杖……いかにも呪いのアイテムみたいだけど……」

この世界の魔術師は、杖が無くても魔法を使うことができる。

杖を使用する場合があるとすれば、足りない実力を補填《ほてん》するためであったり、特別な魔法を行使するための術具として使用したりするためである。

（だが……あの杖は明らかにそういう物じゃない。人が触れて良い物とは思えない！）

「セドリック、その杖から手を離せ！」

「ウルセエ、死にやがれ！」

セドリックが魔法を放ってきた。周りに無数の雷球が生じて、レストめがけて殺到する。

「【土壁《アースウォール》】！」

レストは咄嗟《とっさ》に防御魔法を展開する。

目の前に現れた土の防壁に、ドカンドカンと音を鳴らして雷が衝突した。

「何だ、この威力は……！」

防壁が激しく揺れて、今にも崩れてしまいそうだ。

レストは魔力を絶え間なく注いで壊れそうになる土の壁を補助する。

無限の魔力があるおかげで、どうにか耐えることができそうだ。

「この力……明らかにセドリックの能力を超えている……！」

セドリックの力量はよく知っている。

ずっと魔法の練習台にされてきたのだ。もしかすると、父親であるルーカス・エベルンよりもセドリックの能力を正確に把握しているかもしれない。

「あの杖の力か……もしかして、使用者の能力を大幅に高める力があるのか……!?」

もちろん、ただ都合の良いアイテムではないだろう。

それはあの邪悪なオーラを見ただけで、誰にだって理解できる。

「【雷砲《サンダーボルト》】！」

「ッ……！」

壁の向こうから、これまでを大きく上回る魔力の爆発を感じた。

レストが横に飛んで壁の陰から飛び出すと、次の瞬間、強烈な雷が撃ち込まれた。

「グッ……！」

土壁が粉々に破壊された。逃げ出すのが遅ければ、レストもやられていただろう。

「ハハハハハハハッ！　どうだ、これがオレの力だ！　天才魔術師セドリック・エベルンの実力だぞお！」

「どこがお前の実力だよ……完全に杖の力じゃないか」

「アハハハハハハハッ！　死ねえ、死んじまえ！」

「クッ……！」

セドリックが無茶苦茶《むちゃくちゃ》に魔法を撃ってきた。

地面を穿《うが》ち、木々を燃やし、周囲に破壊を振り撒いている。

「確かに、強いけど……醜いな」

身体《からだ》を低くして魔法を回避しながら、レストが嫌悪を込めてつぶやいた。

あの杖《つえ》の影響だろうか……セドリックの顔は醜悪なまでに歪《ゆが》んでいる。

両目は充血して、唇は吊《つ》り上がり、肌は杖を持った右手から青紫色に染まっていく。

「これが自分の兄だと思うと、悲しいやら情けないやら……」

かつて天才とまで称された男が落ちるところまで堕《お》ちたようだ。

嫌いを通り越して、いっそ哀れにすらなってくる。

「逃げてんじゃねえぞおおおおっ！　さっさと死ねえええええええっ！」

セドリックが頭上に向けて大量の魔力を放った。

レストはすぐに気がつく……広範囲に雷を降らす上級魔法【雷嵐《サンダーストーム》】だ。

(今になってわかったけど……セドリック、お前と俺は得意な魔法が同じなんだな)

レストは一度見た魔法をコピーすることができるが、その中にも得意不得意はある。

雷属性の魔法がもっとも得意であり、そして、それはセドリックも同じのようだった。

(どれだけ憎み合っていたとしても、血は争えないってことか……)

「ああ……鬱陶しいなあ」

思わず吐露した次の瞬間、頭上で魔力が弾《はじ》けて雷の雨が降ってきた。

呪いの杖によってブーストされた雷撃が周囲を破壊し、地面にいくつもの穴が穿たれる。

「ヒャヒャヒャヒャヒャアッ！　殺した、コロシタゾオッ！」

砂塵《さじん》が舞い上がる中、セドリックが愉《たの》しそうに声を裏返らせる。

「レストを殺してヤッタゾオッ！　あの女達は、ヴィオラとプリムラはオレのモノだ！」

「そんなの許すわけがないだろ……馬鹿かよ」

「ナアッ⁉」

「【加　速《アクセラレータ》】」

呆《あき》れ返ったような声とともに、セドリックの眼前にレストが現れる。

疾風のように右腕が振るわれ、音速に近い速度の拳がセドリックの顔面にめり込んだ。

「プギャアッ！」

「【雷嵐】は広範囲の魔法だけあって、威力そのものはさほど大きくない……お前、それで実技試験に失敗したんじゃなかったのか？」

説教のような言葉と共に、今度は左脚が躍動する。

鞭《むち》のように鋭いハイキックがセドリックの横っ面に叩《たた》き込まれ、地面に倒れた。

「何でえ、ナンデダアッ⁉」

駄々《だだ》っ子のように泣き叫ぶセドリックであったが……この結果は、当然のものである。

【雷嵐】は大勢の敵を纏《まと》めて薙《な》ぎ払うための魔法であり、空から降りそそぐ無数の雷一発一発の攻撃力は、同属性の中級魔法である【雷砲】よりも劣っていた。

それがわかっているから、レストは地面に伏せて、身体を覆うようにして土の壁を出現させた。雷撃を防いで、攻撃直後の隙を突いて飛びかかったのである。

「魔法の理解が浅い。対人戦闘経験も少ない。弱い者苛《いじ》めしかできない粗末な魔法だ」

「ズルイ、ずるいぞお！　どうして、お前ばっかり……」

「もう、うるさい」

「ブッ……」

【水球】によって生み出した水を顔面にぶつける。

「お前には毎日のように魔法を撃たれたな。せっかくだから、まとめて返すぞ！」

【風球】……今度は風の球をセドリックに投げつける。

「グヘエッ……よ、よくもやってくれたなあ！」

「ああ、元気そうだな。タフさも強化されているのか？」

ならば、容赦する必要はない。徹底的にやってやろう。

「この程度で終わりなわけがないだろうが。まだまだ続けるぞ！」

レストは冷たい瞳でセドリックを見下ろし、作業のように連続で魔法を発動させる。

【火球】【風球】【土球】【水球】【雷球】【毒球《ポイズンボール》】【石弾《ストーンバレット》】【火刃《ファイアカッター》】【水刃《ウオーターカッター》】

【爆　裂《エクスプロージョン》】【破裂《バースト》】【水　槍《ウオーターランス》】【土槍《アースソーン》】【風　槍《ウインドランス》】【火槍《ファイアランス》】【土刃《アースカッター》】【風刃《ウインドカッター》】【風　葬《ウインドバリアル》】【土葬《アースバリアル》】【火　葬《ファイアバリアル》】【水　葬《ウオーターバリアル》】【風　操《ウインドコントロール》】……

それはいずれも、エベルン名誉子爵家にいた頃、セドリックから撃たれた魔法だった。

レストは兄や毒親と過ごした日々を思い出しながら、過去の負債を清算するような気持ちで魔法を撃っていく。

「フエ……痛い……痛いよお……」

七十五種類の魔法を撃ち終わった頃には、セドリックが地面に転がって呻《うめ》くだけの人形になっていた。ダラダラと涙を流す両目にはもはや敵意も悪意も宿っておらず、痛みへの嘆きと絶望で染まっている。

「お終《しま》いだよ……本当に、最後までお前は尊敬できない兄貴だった」

無様に泣くセドリックを見下ろし、レストは兄がもう終わりであることを予見した。

（おかしな杖まで使って俺を殺そうとしたんだ……俺がローズマリー侯爵家の人間となったことを知りながら。このことを旦那様が知れば、ただでは済まないだろう）

たかが名誉子爵家ごときが、大貴族であるローズマリー侯爵家に牙を剝《む》くようなことをした。セドリックはもちろん、エベルン名誉子爵家だって無事では済むまい。

（もう終わりなんだな……セドリックもダメ親父《おやじ》も、夫人だって終わりだ……）

「ん……？」

立ち去ろうとするレストであったが……ふと、セドリックの右手が目に入る。

あれだけ魔法を撃たれたにもかかわらず、その手にはいまだ禍々しい瘴気《しょうき》を放つ杖が握られていた。右手はすっかり黒く染まっており、杖と手が癒着して一体化している。

「【風刃】！」

レストは咄嗟の判断で魔法を放ち、セドリックの右腕を斬り落とそうとした。

「やめろおっ！」

「なっ……！」

しかし、セドリックが自分の右腕を庇《かば》うように身体で覆《おお》い被《かぶ》さる。

レストが放った風の刃《やいば》はセドリックの背中を斬り裂いただけで、目標を外れる。

「何やってんだ、お前！」

「これはオレの物だあ！　オレの力だ、誰にもワタサナイゾオッ！」

「このッ……！」

駄々っ子のように泣き叫ぶセドリックに苛立《いらだ》ちながら、レストはその身体を蹴りつけた。

うつ伏せになっている身体をひっくり返して、今度こそ右腕ごと杖を切り離そうとする。

「オオオオオオオオオオオオオオオオオッ！」

「なっ……！」

だが……次の瞬間、セドリックの右腕から膨大な瘴気が溢《あふ》れ出した。

握りしめた杖がバキボキとひび割れて砕け散り、代わりに右腕が内側から膨れ上がって肥大化していく。膨張は右腕に留《とど》まらず全身に広がっていき、やがてセドリックの身体が三メートル近い巨体になった。

「これは……まさか、デーモンか？」

その威容を前にして、レストはつぶやいた。

見上げるような巨体。青紫色の毒々しい肌。鬼のように恐ろしい顔と、頭部の両側から生えている山羊《やぎ》の角。

それは悪魔そのもの。多くの絵本や物語で神の敵として語られている魔人の姿だった。

「グオオオオオオオオオオオオオオオオオオオッ！」

『ギャハハハハハハハハッ！　すごい、スゴイゾオッ。力が溢れてくるウッ！』

悪魔の絶叫と同時に、セドリックの耳障りな哄笑《こうしょう》が響き渡る。

驚くべきことに、セドリックの顔が胸部にあって、悪魔の頭とは別でしゃべっていた。

『これがオレの真のチカラダアッ！　やっぱり、オレはテンサイマジュツシだぞお！』

「だから、お前の力じゃないだろう……自分がどういう状態かわかっていないのか？」

レストが心の底から失望する。

とうに限界まで見損なっていたはずなのだが……セドリックの評価は底無し沼のように、まだまだ下があったらしい。

「どう考えても、お前がデーモンに乗っ取られているだけだろう。無様を通り越して面白くなっちゃってるぞ？」

目の前の怪物には、デーモンとセドリックの二つの顔がある。

明らかにデーモンの方が本体であり、胸部に人面瘡《そう》のように張り付いたセドリックの顔は吸収されているだけのように見える。

『ウルセエエエエエエエエエッ！　シネエエエエエエエエエエエエエエッ！』

「グオオオオオオオオオオオオオオオッ！」

それでも、二つの頭部は連動しているらしい。

セドリックの怒りの咆哮《ほうこう》に合わせて、その身体から膨大な魔力が放たれる。

その力は無限の魔力を持ったレストですら、目を見張るほど強烈だった。

「【超加速《ハイアクセラレータ》】！」

レストが全速力で走った。

とんでもなく強力な雷がレストを狙って撃ち込まれるのを、どうにか回避していく。

先ほどを上回るとんでもない威力だ。防御しようなんて考えられない。

下手《へた》に防壁で受け止めようものなら、壁もろとも吹き飛ばされてしまうだろう。

『ギャハハハハハハハハハッ！　シネエ、シネエエエエエエエエエエエエエッ！』

「クッ……調子に乗りやがって。これがデーモンの力か……！」

逃げ回りながら、レストが呻く。

この世界には、すでにデーモン……悪魔というものは存在しない。

大昔に暴れ回っていた彼らの存在が伝承として残っているだけである。

（伝承に間違いはなかったようだが……どうして、こんな奴《やつ》が封印されていたんだ？）

状況から察するに、このデーモンは杖に封印されていたのだろう。

セドリックは力を求めるあまり、その災厄を解き放ってしまったのだ。

『オマエを殺したら、次はあのオンナタチだあ！　ヒャヒャヒャヒャヒャッ！』

デーモンの胸部から、セドリックが叫ぶ。

『ヒトオモイには殺さねえぞお！　二人とも犯して犯して犯してオカシテオカシテオカシテオカシテからぶち殺してやるうっ！』

「……そんな姿になってまで、本当に腹の立つ奴だな。俺を苛立《いらだ》たせる天才かよ」

デーモンの一部になっても癇《かん》に障るセドリックに、レストは底冷えした声でつぶやく。

このデーモンはセドリックの影響を受けている。もしもここでレストが敗北すれば、本当にローズマリー姉妹を襲いに行くだろう。

侯爵夫妻やディーブルが守ってくれるだろうが……相手はデーモン。伝説上の怪物だ。百パーセントの身の安全はない。

「ここで確実に息の根を止める……ヴィオラとプリムラに手出しなんてさせるかよ！」

自分をどん底から救い上げてくれた二人に汚い手で触れさせはしない。

レストは決死と必殺の覚悟を決めて、一つの魔法を発動させる。

『シネエエエエエエエエエエエエッ！』

「オオオオオオオオオオオオオオオッ！」

足を止めたレストめがけて雷撃が襲いかかるが……次の瞬間、雷が消えた。

雷で骨まで焼き尽くされるはずのレストが、そこに平然と立っている。

『は……？』

「【星喰《ホシハミ》】」

雷を浴びることなく、身体《からだ》を焼かれることなく。

右手には人間の頭部ほどの黒い球体が浮かんでおり、デーモンに向けられていた。

「なあ、セドリック……お前は知っているか。魔術師にとって最高の栄誉が何か」

『ナゼダアッ⁉　どうして、イキテイルウウウウウウウウウッ⁉』

「それはな……『オリジナル魔法』の開発だよ」

『シネエエエエエエエエエエエエエッ！』

レストの言葉を無視して、デーモンが大量の雷撃を吐き出した。

津波のような雷が押し寄せるが、レストが黒球をかざすと吸い込まれて消滅する。

まるでブラックホールが宇宙空間の光を捻《ね》じ曲げ、喰《く》らいつくすかのように。

『ナンデダアッ！　ナンデシナナインダアアアアアアアアアアッ⁉』

「この世界に公式発表されて『魔法名鑑』に記されている魔法は千と七つ。開発者の名前も魔法名が一緒に魔法史に記されている。認定をしているのは、ご存知《ぞんじ》『賢人議会』だ」

叫ぶセドリックを無視して、レストは独り言のように淡々と説明を続けた。

この世界には『賢人議会』と呼ばれる組織がある。国家を超えた超法規的な集団であり、メンバーはいずれも国を動かせるほどの魔術師ばかり。賢人議会によって『新魔法』と認定される新しい魔法を生み出すことこそが、魔術師にとって至高の誉れなのだ。

「もしも新魔法を生み出すことができれば、子爵どころか伯爵以上の地位を国王陛下が与えてくださるだろう。そんなレベルの魔術師は、この国に何十年も現れていないけど」

宮廷魔術師が束になっても、新魔法を開発することは困難なのだ。

中途半端な魔法であればいくらでも作れるが、既存の魔法を超えるレベルの物を生み出すのは難しい。賢人議会が新魔法であると認めるのは十年に一度ほどだった。

「以前、ある人から無理難題の試練を課されたことがあってね。その時に力不足を痛感して、無限の魔力という特性を生かした自分だけの魔法を発明しようと試行錯誤をしていた。そして……できたのがコレだよ」

『…………！』

レストが黒い球体を見やり、皮肉そうに笑った。

「魔法名【星喰】……万物を吸い込んで消滅させる『暗黒星《あんこくせい》』を生み出す攻防一体の魔法。どうにか思い描いた効果を生み出せたのは良いけど、俺にしか使えない欠陥品だ。維持しているだけで膨大な魔力を消費し、燃費が悪くって仕方がない」

この魔法が賢人議会に認められて、魔法名鑑に記されることはないだろう。

千の魔力を消費して一の効果を発動させるような出来損ないの魔法。無限の魔力がなければ発動することは不可能である。

「『魔力無しの出来損ない』とか呼ばれていた俺に相応《ふさわ》しい魔法だよな……だけど、お前を殺すだけなら、こんな出来損ないで十分だ」

黒い球体……『暗黒星』を構えて、腰を落とす。

レストの脳裏で、エベルン名誉子爵家での日々が走馬灯のように一気に流れた。

名誉子爵家から追い出されて、貧困の中で必死にレストを育ててくれた母親の姿。

『魔力無し』の認定を受けて、不要な物だと切り捨てられた神殿での出来事。

馬小屋で震えて眠り、石を投げられ、生ゴミを犬食いさせられ、訓練と称して魔法を撃たれるという虐待を受けた日々。

それがここで終わる。生まれる前から続いている悪縁の終着点がここだ。

「長い因縁の終わりだ……別に殺したいほど憎んでいたわけじゃないが、お前を放っておいたらヴィオラやプリムラが危険にさらされるからな。だから、お前を殺すよ」

『アアアアアアアアアアアアアアアアアアアアアアッ！』

「ガアアアアアアアアアアアアアアアアアアアアアッ！」

レストの言葉を受けて、デーモンとセドリックが狂ったような叫びを上げる。

重なった二つの咆哮に合わせて雷撃が放たれるが、レストに向かってきた雷は暗黒星に吸い込まれて消滅した。

『ドウシテ、お前ばっかり！　お前はデキソコナイダロウガアアアアアアッ！』

「もうそんなことをほざいていられる状況は終わったんだけど……言うだけ無駄だな」

レストが地面を蹴って、デーモンに肉薄する。

デーモンは手足を振り乱して魔法を放ち、暴れるばかり。セドリックは泣いているだけで役に立たない。

【星喰】は燃費が悪く、おまけに射程距離も短いが……この距離まで近づけば外さない。

「それじゃあ、サヨナラだ」

『嫌だアアアアアアアアアアアアアアアアアアアアアアアアアアアアッ！』

「【星喰】」

振り乱される太い腕を暗黒星が吸い込み、胴体を、頭部を、脚を吸い込んでいく。

暗黒星に取り込まれた物がどうなるのかをレストは知らないが……完全に消滅したそれがこの世界に還《かえ》ってくることはない。

『アアアアア……』

セドリックの叫びは徐々に小さくなっていき……やがて、聞こえなくなったのである。

エピローグ　家族になりました

その後の顛末《てんまつ》であるが……今回の事件が切っ掛けとなり、エベルン名誉子爵家は爵位を剝奪《はくだつ》された。

レストの父親……ルーカス・エベルンは宮廷魔術師として、危険なマジックアイテムの管理を任されていた。

管理していた一つである『悪魔の杖《つえ》』が息子のセドリックによって持ち出されて悪用されたことにより、当然のように管理責任を問われることになったのだ。

ルーカスは宮廷魔術師の役職を解任。職に付随して与えられていた爵位を失い、平民落ちすることになってしまった。財産もセドリックに襲われた被害者であるレストへの賠償金として根こそぎ奪われ、何もかもを失って路頭に迷うことになってしまう。

地位も役職も財産も可愛《かわい》がっていた息子も……全てを失《な》くしてしまったルーカスは、何を思ったのか、レストに泣きつこうとしてきた。

ローズマリー侯爵にとりなして欲しい、自分達の面倒を見て欲しい、金を恵んで欲しい……これまで虐待してきた息子に恥も外聞もなく世話になろうとしたのだから、厚顔無恥な話である。

「次にレスト殿の前に顔を出したら、犯罪者として鉱山に送らせていただきます。あるいは、新種の魔法薬の実験台でも構いませんが……どうしますか？」

応対に出た執事のディーブルからそんなふうに脅されて、ルーカスと妻リーザはボロボロの姿で路地裏へ逃げるように消えていった。

リーザはともかくとして、ルーカスは魔術師だ。職を選びさえしなければ再起の目はある。

もちろん、元・貴族という肩書を捨てて、ただの平民として一からやり直す気になればの話であるが。

ともあれ……エベルン名誉子爵家とレストの関係は完全に断たれ、全ての因縁に終止符が打たれたのであった。

◇　◇　◇

それはさておき……レストには実家の末路よりも大切なことがあった。

デーモンとなったセドリックを倒してローズマリー侯爵家に帰ってきたレストを、屋敷の玄関前に立っていた二人が出迎える。

祈るように両手を組んで待っていた少女達……ヴィオラとプリムラが、レストの姿を認めるや瞳を輝かせた。

「あ、レスト君！」

「レスト様！」

「あれ？　二人とも待っていたのか？」

夕日が落ちようとしている中で待っていたヴィオラとプリムラに、レストは思わず目を丸くさせた。

帰宅時間は伝えていなかったのに……いつから待っていたのだろう？

「あー、うん……やっぱり心配で。だってあそこに行っていたんでしょ？」

「馬車だけ先に帰ってきたので、何かあったのかと思いましたよ！」

ヴィオラが気まずそうに、プリムラが少し怒ったように言う。

「そうだな……ごめん、心配かけちゃったみたいだ」

謝罪しながら……レストは胸に安らぎが広がっていくのを感じた。

帰りの道中、不可抗力とはいえ実兄を殺害したことでそれなりに気分が沈んでいた。

それなのに……姉妹の顔を見ていると、先ほどまでの殺伐とした気持ちが一掃され、温かな感情が湧き上がってくる。

（帰る場所……そうか、ここが俺の家だったんだな）

自分が受け入れられている。心配してくれている人がいる。

母親を喪《うしな》ってから忘れていた。自分の帰りを待ってくれている人がいるということが、こんなにも幸せであることに。

「ごめん、心配かけて。だけど……おかげでちゃんと決着をつけられたから」

レストは微笑《ほほえ》みながら言う。

すぐにでも宮廷魔術師の長官であるアルバートに先ほどのことを報告しなくてはいけないが……それよりも、レストは二人に言わなくてはいけないことがあった。

ずっと、待たせてしまったのだ。

これ以上、一秒だって保留にするつもりはない。

「ヴィオラ、プリムラ」

レストはバクバクと自分の心臓が高鳴っているのを感じながら、その場に膝をついた。

二人に左右の手を差し出して……告白の言葉を告げる。

「俺と結婚してください……どうか、家族になってください……！」

その言葉に、姉妹がまったく同じ驚きの表情で両目を見開いた。

しばし硬直してから、お互いの顔を見合わせて……やがて、パアッと大輪の花が開くような笑顔になった。

「「………！」」

「「喜んで！」」

「わっ！」

ヴィオラとプリムラが差し出された手を取り、そのままの勢いで抱き着いてきた。

「撤回なんて許さないわよ！　絶対にお婿さんになってもらうんだからねっ！」

「子供だって産みますから！　私と姉さんで十人は作りますから覚悟してくださいね！」

「ハハハ……それは望むところだよ」

二人の柔らかな重みに潰されながら、レストが困ったように笑った。

温かくて安心する体温が包み込んでくる。言われなくとも、この温《ぬく》もりを二度と手放すつもりはなかった。

「二人とも、これからよろしく」

「「はいっ！」」

地面に仰向《あおむ》けに倒れて、見上げた先には涙を両目いっぱいに浮かべた姉妹の相貌。

レストの婚約者になってくれた人達。母親を亡くしてから初めて手にした、心が通じ合える本物の家族。

（絶対に、幸せにしなくちゃな……）

二人の体重と一緒に責任がのしかかってくる。

重い責任だ。潰されてしまいそうなほどに。

だけど……絶対に負けるつもりはない。

これからもレストとローズマリー姉妹には多くの苦難が襲ってくるだろうが、全てことごとくを撥《は》ね除《の》けてみせる。

（もう二度と、大切な家族を奪わせはしない……大丈夫、俺には無限の魔力がある！）

『無限の魔術師』と呼ばれることになる魔法使いの物語は、まだまだ始まったばかりである。

あとがき

永遠の中二病作家をしておりますレオナールDと申します。本作を手に取ってくれた読者の皆様、イラストレーターのye_jii《イエチ》様、出版にお力添えをいただいた全ての方々に心より感謝を申し上げます。

本作はカクヨムにて連載をしており、第9回カクヨムコンテストにて異世界ファンタジー部門で特別賞をいただきました。別作品がラブコメ部門で大賞をいただいており、W受賞という形での出版となります。

受賞の知らせを聞いた際には、都合の良い夢の世界に迷い込んだのかと自分自身を殴りつけたものですが、ここにきてやっと現実であると実感することができました。

栄えある賞をいただき、おまけに学生時代から読んでいたスニーカー文庫から本を出すことができて天にも昇るような心境です。

どうぞ、無限の魔力を持った主人公の戦いとヒロインとの関係をお楽しみください。

それでは、またお会いできる日が来ることを全ての神と仏と悪魔に祈って。

レオナールD

無限《むげん》の魔術師《まじゅつし》

魔力《まりょく》無《な》しで平民《へいみん》の子《こ》と迫害《はくがい》された俺《おれ》。実《じつ》は無限《むげん》の魔力《まりょく》持《も》ち。

著	レオナールD《ディー》
	角川スニーカー文庫　24607
	2025年4月1日　初版発行
発行者	山下直久
発　行	株式会社KADOKAWA 〒102-8177 東京都千代田区富士見2-13-3 電話　0570-002-301（ナビダイヤル）
印刷所	株式会社暁印刷
製本所	本間製本株式会社

●お問い合わせ
https://www.kadokawa.co.jp/（「お問い合わせ」へお進みください）
※内容によっては、お答えできない場合があります。
※サポートは日本国内のみとさせていただきます。
※Japanese text only

Printed in Japan　ISBN 978-4-04-116067-1　C0193

★ご意見、ご感想をお送りください★
〒102-8177 東京都千代田区富士見2-13-3
株式会社KADOKAWA　角川スニーカー文庫編集部気付
「レオナールD」先生「ye_jji」先生

本書は、カクヨムに掲載の「魔力無しで平民の子と迫害された俺。実は無限の魔力持ち。」を改題、加筆修正したものです。

角川文庫発刊に際して

角川源義

第二次世界大戦の敗北は、軍事力の敗北であった以上に、私たちの若い文化力の敗退であった。私たちの文化が戦争に対して如何に無力であり、単なるあだ花に過ぎなかったかを、私たちは身を以て体験し痛感した。西洋近代文化の摂取にとって、明治以後八十年の歳月は決して短かすぎたとは言えない。にもかかわらず、近代文化の伝統を確立し、自由な批判と柔軟な良識に富む文化層として自らを形成することに私たちは失敗して来た。そしてこれは、各層への文化の普及滲透を任務とする出版人の責任でもあった。

一九四五年以来、私たちは再び振出しに戻り、第一歩から踏み出すことを余儀なくされた。これは大きな不幸ではあるが、反面、これまでの混沌・未熟・歪曲の中にあった我が国の文化に秩序と確たる基礎を齎らすためには絶好の機会でもある。角川書店は、このような祖国の文化的危機にあたり、微力をも顧みず再建の礎石たるべき抱負と決意とをもって出発したが、ここに創立以来の念願を果すべく角川文庫を発刊する。これまで刊行されたあらゆる全集叢書文庫類の長所と短所とを検討し、古今東西の不朽の典籍を、良心的編集のもとに、廉価に、そして書架にふさわしい美本として、多くのひとびとに提供しようとする。しかし私たちは徒らに百科全書的な知識のジレッタントを作ることを目的とせず、あくまで祖国の文化に秩序と再建への道を示し、この文庫を角川書店の栄ある事業として、今後永久に継続発展せしめ、学芸と教養との殿堂として大成せんことを期したい。多くの読書子の愛情ある忠言と支持とによって、この希望と抱負とを完遂せしめられんことを願う。

一九四九年五月三日

入栖
—Author
Iris
神奈月昇
—Illust
Noboru Kannnatuki
マジカル☆エクスプローラー
—Title
Magical Explorer
エロゲの友人キャラに転生したけど、ゲーム知識使って自由に生きる
Reincarnated as a Eroge Hero's Friend,
I'll live freely with my Eroge knowledge.
知識チートで
二度目の人生を
完全攻略！
特設ページは
▼コチラ!▼
スニーカー文庫

黒雪ゆきは
Kuroyuki Yukiha
画｜魚デニム
ill.Uodenim

極めて傲慢たる悪役貴族の所業

The Deeds of an Extremely Arrogant Villainous Noble

カクヨム
《異世界ファンタジー部門》
年間ランキング
第1位

悪役転生×最強無双――

その【圧倒的才能】で、
破滅エンドを回避せよ!

俺はファンタジー小説の悪役貴族・ルークに転生したらしい。怪物的才能に溺れ破滅する、やられ役の“運命”を避けるため――俺は努力をした。しかしたったそれだけの改変が、どこまでも物語を狂わせていく!!

スニーカー文庫